Chicco Sfondrini - Luca Zanforlin

FRA IL CUORE E LE STELLE

Il nuovo romanzo di Amici

MONDADORI

Degli stessi autori
nelle edizioni Mondadori

A un passo dal sogno

«Fra il cuore e le stelle»
di Chicco Sfondrini - Luca Zanforlin

ISBN 978-88-04-57769-0

I edizione marzo 2008

Indice

Fra il cuore e le stelle

Perché essere straordinari quando si può
essere semplicemente se stessi?

Ringraziamenti

A tutti i ragazzi di *Amici*.
A Maria, amica e dispensatrice di preziosi consigli.
A Sabina, amica e compagna di viaggio da quindici anni.
A Maurizio perché ci ha creduto.
A Brando e alla sua mamma Vanessa.
A Totò che ormai snobba la redazione.
A Nanà, la sorella nasona.
A tutta la redazione e la produzione di *Amici*.
A tutta la famiglia Marchioretto.
A Sonia, Giorgio, Annina e Davide.
Alla Carla e alla Giuliana.
A Francesca Gioia, che se no si arrabbia e tiene il muso.

Mi trovo in una casa sconosciuta. Un corridoio lungo e stretto mi conduce dritto a una porta rossa. La apro. Una piscina occupa tutta la stanza. In fondo vedo Giada che piange abbracciata a un uomo. Con la mano mi fa cenno di raggiungerla. Io ci provo, ma intorno a me c'è solo acqua. Mi butto vestito nella piscina. Cerco di nuotare verso di lei, ma improvvisamente i miei abiti diventano pesantissimi. Arranco e scendo sempre più giù. Guardo verso l'alto e vedo la mano di Giada che buca l'acqua in cerca della mia, ma sono troppo pesante. Allungo il braccio, ma la mia mano non arriva a toccarla.

«Pesce o pollo?»

Apro gli occhi.

«Scusi?»

«Fra poco serviamo il pranzo. Lei desidera pesce o pollo?» mi chiede la hostess.

«Pollo, grazie!»

Mi stropiccio gli occhi, appoggio la testa all'oblò. Sotto di me un tappeto di nuvole.

Fila 11, posto G.

Che coincidenza! Sono passati undici mesi da quella sera. Undici mesi da quando mi hanno incoronato vincitore di *Amici*. E accanto a me, allora, Giada, la mia G.

UNDICI MESI PRIMA

1
Nel sogno

Parte la musica: *We Are the Champions*. La carta con la mia faccia stampata sopra vola tra le stelle, sta facendo una gara con un'altra, quella di Giada. Insieme percorrono un corridoio lunghissimo. Siamo quasi al ritornello. A un certo punto una delle due si stacca e... un boato nello studio!

Mi sveglio e mi siedo sul letto. Con la mano inseguo la sensazione di calore che percepisco al mio fianco.

Niente.

Ero convinto di aver dormito con Giada, di aver fatto la doccia con lei, di averla baciata, di averci giocato insieme a lungo. Ma qui non c'è...

Ieri ero a un passo dal sogno, ero vicino a lei, ieri sera...

Aspetta aspetta... Ma ho vinto davvero *Amici*? E Giada? Se fosse vero che stiamo insieme, adesso lei sarebbe qui al mio fianco.

«Amo'...»

Giada?

«... ma si può? Neanche lo shampoo c'è! A uno che vince *Amici* e sta in un albergo a quattro stelle, ogni giorno devono fargli trovare shampoo e bagnoschiuma nuovi e il cioccolatino sul cuscino...»

Giada!

Vedo comparire un suo piedino dalla porta del bagno. Nel punto in cui lo appoggia si forma subito una pozza d'acqua. Risalgo con lo sguardo e vedo una gamba, lucida e perfetta, poi l'altra, e infine appare tutto il paradiso. Quando il serpente ha visto Eva per la prima volta deve aver provato la stessa emozione. Striscio verso di lei come un serpente fino ad arrivare al laghetto che si è formato ai suoi piedi.

Giada è vera.

E... cazzo, ho vinto *Amici*!

A scuola ho studiato un filosofo che diceva una cosa che mi piaceva: "Il sogno funziona come la realtà: a ogni cosa che fai, ne consegue sempre un'altra". La differenza è che nel sogno, a ogni cosa che fai ne segue un'altra ancora più fantastica, spropositata, come quella che è accaduta a me.

Meno di un anno fa ho preso un treno da Como per accompagnare un'amica a un provino e ora mi ritrovo vincitore di *Amici*, innamorato di Giada e sul punto di rilasciare un'intervista a una giornalista di *Verissimo*. Penso sia normale far fatica a capire il confine tra la realtà e il sogno. Ieri mi trovavo a un passo dal sogno e ora... ora ci sono dentro fino al collo.

Continuo a vivere nel residence insieme a tutti gli altri finalisti, in attesa che arrivi il futuro, quello che abbiamo sognato per mesi e al quale ci siamo aggrappati per difenderci dagli attacchi dei professori e del pubblico. Be', il futuro è adesso. Non è ancora cambiato niente, siamo sempre quelli di prima, solo che in noi avvertiamo un vuoto che cresce istante dopo istante.

Stare nella scuola di *Amici* era come viaggiare su una specie di rotaia: bastava seguirla e, senza neanche accorgertene, ti ritrovavi a vivere, a crescere. Le cose succedevano naturalmente. I tempi erano dettati dalla redazione, le scadenze dalla televisione, e gli obiettivi che ci prefiggevamo erano così difficili da raggiungere che – sembrerà strano ma è così – ci semplificavano la vita. Per la finale abbiamo studiato tre musical, nove coreografie e quindici canzoni in una settimana. Non c'era bisogno di "vivere" mentre cercavo di ricordarmi le parole di *Always* o la coreografia di *Listen*. Non c'era spazio nemmeno per la paura. Ma adesso? Quella rotaia non c'è più e non so che direzione prendere...

Nelle notti che precedevano la finale, pensavo che, se avessi vinto, appena finito il programma avrei trovato fuori dallo studio una limousine che mi avrebbe portato dritto dritto a Paradiso-città. Qui fuori, però, oggi c'è il solito pulmino, che mi porterà di nuovo agli studi di Cinecittà dove mi aspetta la giornalista di *Verissimo*.

Non riesco a pensare a nulla in questo momento. Potrei ritornarmene a casa, telefonare ai miei amici, oppure a mia sorella Laura e alla mamma. Invece mi trovo in una specie di bolla che non so bene dove mi condurrà. Non ho obiettivi. Tutto sembra così lontano. Vi prego, ditemi che la vita "là fuori" non sarà sempre così!

La giornalista di *Verissimo* voleva che all'intervista partecipasse anche Giada, ma noi abbiamo preferito di no. Non ci va di fare la coppietta. Il nostro amore è giovane e vogliamo proteggerlo. Figurati se abbiamo voglia di metterlo in mostra per fare colpo su una giornalista!

Sul pulmino c'è la solita ragazza della redazione, una biondina molto carina, straniera, intelligente e educata.

Le chiedo: «E ora, che devo fare?».

Lei mi guarda come se le avessi chiesto la strada per Düsseldorf.

«Adesso devi solo vivere.»

Fosse facile...

Arriviamo agli studi. La redattrice mi accompagna dalla giornalista.

Inizia la mia prima intervista da "vincitore" di *Amici*.

Domanda numero uno: «Come vivi questa vittoria?».

Quanta fatica non dirle quello che provo veramente, che so, che mi piacerebbe partire per Los Angeles, rinchiudermi in una villa bellissima senza dover più dimostrare niente a nessuno perché ho già un nome e, persino quando ballo male, tutti mi dicono che sono sublime. Invece rispondo che per me la vittoria è una grande gioia ma non riesco ancora a rendermi conto di quello che mi è capitato.

Domanda numero due: «Come cambierà la tua vita ora?».

Che bello sarebbe poterle dire che adesso è solo peggio, che non faccio più parte di niente, che non riesco a sognare più niente, che *the future is now but is not going well...*

Vorrei poterle dire che ho ancora bisogno di Steve e delle sue legnate, della Di Michele che mi corregge le parole delle canzoni, e di Maria, che quando mi prende male, mi chiama in disparte e mi chiede come sto, perché non sono tranquillo...

Domanda numero tre: «Cosa ricordi della finale?».

Se volessi essere sincero, dovrei raccontarle che l'ho affrontata tutta d'un fiato, quasi in apnea, senza pensare a che cosa fosse meglio dire o fare; che per qualche ora ho assaporato quella che vorrei fosse, da adesso in poi, la mia vita: io che ballo, la gente intorno che mi guarda e mi copre di applausi. Dovrei dirle anche che quando è finita e tutti mi hanno festeggiato, ero felice, certo, ma anche molto impaurito. Dovrò crescere in fretta e non so se avrò il tempo o la voglia di farlo. Alla fine, invece, le dico che è stato tutto bellissimo, che la finale con Giada è stata emozionante, soprattutto perché la giocavo con lei.

Ecco, alla giornalista parlo di un Mattia che non esiste, le racconto bugie, mezze verità perché non posso farle vedere il vero Mattia, il Mattia che ama follemente Giada, che è pieno di contraddizioni e di dubbi... Le racconto ciò che vuole sentirsi dire. Come le persone che ho sempre odiato.

Ultima domanda. Me la fa con la faccia birichina: «Nella scuola è nato un rapporto "speciale" tra te e Giada. Che mi dici al riguardo?».

Dovrei dirle che Giada non è la donna che ho sempre sognato ma è l'unica che mi piace avere accanto sia quando sogno sia quando sono sveglio, che mi fa sentire un uomo e mi dà una ragione in più per stare al mondo e per lottare; che i suoi occhi sono lo specchio che mi permette di capire come sono messo; dovrei raccontarle quanto Giada ha cambiato la mia vita; dirle che grazie a lei ho imparato a fare l'amore, non solo a fare sesso; che, da quando stiamo insieme, inizio a pensare le cose "a due"; che lei mi fa felice come il mare o come una pinta di birra in certi momenti della vita. E ancora non avrei finito... ma non voglio svendere il nostro amore. Alla fine le dico semplicemente che sì, è vero, Giada è una ragazza speciale e che penso di provare per lei un sentimento bello. La giornalista mi guarda come si guarda una notizia mancata, un titolo che nessun giornale pubblicherà. Fa un cenno all'operatore che spegne la camera ed esce. Forse non andrò nemmeno in onda. Sono stato simpatico come un paracarro. Ma sapete una cosa? Non me ne frega niente!

2
Finalmente a casa

Ci pensavo ieri.

Ormai sono più di cinque mesi che non torno a Como.

Ho deciso che oggi porto Giada e Stefano a casa mia. La prossima settimana iniziamo il tour, perciò addio tempo libero.

Finalmente stiamo facendo qualcosa di normale: siamo in fila alla stazione per comprare il biglietto, lo acquistiamo con i nostri soldi (saranno mesi che non paghiamo di tasca nostra) e prendiamo un treno, solo noi tre.

In tutto questo tempo sono stati sempre gli altri a organizzarci la vita, a occuparsi dei nostri spostamenti. L'unica cosa che ci toccava era aspettare la telefonata di qualcuno che ci spiegasse quello che avremmo dovuto fare, chi sarebbe passato a prenderci per andare in un posto o in un altro. Se avevamo bisogno di soldi, poi, c'era sempre qualcuno della produzione che ci allungava una busta con del denaro.

Oggi il semplice gesto di prendere il portafoglio dalla tasca dei jeans, aprirlo e, dopo aver letto sul display l'importo, consegnare i soldi al tipo dello sportello delle ferrovie mi rende felice.

Arrivati a Milano, saliamo su un treno locale per Como. Le carrozze sono piene di gente. Tutti sembrano stremati, per il lavoro e per la routine quotidiana. Nessuno fa caso a noi, le star di *Amici*. Forse non hanno nemmeno mai visto il programma.

C'è una calca impressionante e fa piuttosto caldo. I viaggiatori sudano, ammassati gli uni sugli altri, in piedi. A ogni fermata del treno, quelli che devono scendere sono costretti ad aspettare che i pendolari in piedi nel corridoio si spostino. Qualcuno si lamenta, qualcuno, approfittando del lamento, grida: «Ladri», altri prendono coraggio e urlano: «Nemmeno le bestie si trattano così!».

È assurdo che tutte queste persone, che tornano a casa dopo ore di lavoro, vengano trattate in questa maniera. Dovrei incazzarmi per quello che vedo, lo so, ma non riesco a essere arrabbiato. Al contrario, sono felice di vivere questa situazione perché mi riporta alla vita vera, alla vita reale.

Arriviamo a Como dopo più di un'ora.

La stazione della mia città è magica: i binari finiscono e, di lì a venti metri, inizia il lago.

Dopo così tanti mesi di assenza, sono contento di tornarci. E pensare che fino a qualche tempo fa la odiavo a morte. Come cambiano le prospettive... Mi sembra bellissima, ora, tranquilla, intima. I turisti che prima non sopportavo mi sembrano quasi belli, ordinati, civili. La gente mi addita per strada, le ragazzine mi chiedono l'autografo e vogliono scattarmi foto con il cellulare. Appeso a un muro subito fuori dalla stazione c'è un cartellone con sopra la mia faccia e, a caratteri cubitali, la scritta GRAZIE MATTIA, LA TUA CITTÀ È ORGOGLIOSA DI TE.

Questo è il potere della TV: prima nessuno mi filava, anzi... Ora è cambiato tutto. O meglio, gli altri sono cambiati, io sono il Mattia di sempre.

Da bambini, quando tornavamo a Como dalle vacanze, mia sorella e io facevamo "il gioco della persona dell'anno". La regola era che la prima persona di nostra conoscenza incrociata subito dopo il cartello COMO sarebbe automaticamente diventava "la persona dell'anno". La prima persona che incontro oggi, tornando a casa, è il mio ex allenatore di calcio, quello che anni fa mi diceva che non sarei mai diventato una stella del calcio. Non appena ci incrociamo, mi abbraccia e mi dice: «Hai visto, Mattia? Avevo ragione, no? Sono molto felice per te. Ero certo che prima o poi avresti trovato una disciplina in cui eccellere. La stoffa del campione l'hai sempre avuta... non nel calcio, ovviamente!».

Né mamma né Laura sanno che sto tornando a casa. Le ho chiamate qualche ora fa da Milano e ho spiegato loro che probabilmente non sarei potuto tornare per un po' di tempo per via degli impegni che mi trattenevano a Roma. La mamma mi ha detto che avrebbe potuto chiudere il negozio per un giorno e fare un salto lei a Roma, anche solo per vedermi un minuto e darmi un bacio.

Sono le sette e mezzo passate, ma il negozio è ancora aperto. Dista solo dieci minuti a piedi dalla stazione. Giada cammina con la bocca aperta e continua a dire che sembra di stare dentro a una cartolina: «Ma è bellissima la tua città, Mattia. È così pittoresca, mi ricorda uno di quei film in bianco e nero di cinquant'anni fa».

«Perché, tu quanti anni hai, Giada?» interviene Stefano.

«Cretino... intendevo dire uno di quei film in bianco e nero che ogni tanto fanno vedere in TV a notte fonda, in cui lei ha sempre un vestito bianco a fiorellini un po' svolazzante, un cappellino bianco che dopo pochi minuti perde per una folata improvvisa di vento, e lui è rigorosamente vestito di grigio...»

«Secondo me dovresti vedere meno film e farti più ore di sonno. E magari mangiarti qualche piatto di pasta in più!»

Stefano ci ha preso in pieno! Giada, da quando è finito il programma, è dimagrita un sacco. Non ha mai fame e dorme poco. Lei mi ripete sempre che è nervosa e ha tantissima nostalgia della scuola di *Amici*, perché lì si sentiva protetta, sicura, mentre fuori è un casino.

Arriviamo al negozio, in vetrina campeggia una gigantografia mia e di Giada presa dalla finale, tutt'intorno un'orgia di pasta, biscotti, vino, bibite, caramelle, prosciutti e salami. L'insegna è cambiata, ora c'è scritto: AMICI DI MATTIA. La cosa mi fa arrabbiare e sorridere allo stesso tempo. Ma a una mamma come la mia si perdona tutto.

A Giada viene un'idea: si infila una parrucca nera che ha comprato qualche giorno fa ed entra da sola in negozio.

«Mi scusi signora, lei è la madre di quel ballerino che ha vinto *Amici*?» chiede alla mamma camuffando la voce.

«Sa, l'ho riconosciuta subito. Mi ricordo benissimo la sua faccia. Alla finale Maria le ha chiesto che cosa provava a vedere suo figlio ballare davanti a un pubblico così numeroso. Be', la sua risposta mi ha davvero emozionato! Una cosa, però, gliela devo proprio dire. Quella biondina lì, non mi ricordo nemmeno come si chiama, non mi dica che sta ancora con suo figlio? È così... insulsa, sbiadita. Secondo me è pure stupida...»

«Stupida sarà lei. Ora se ne può anche andare, perché in questo negozio, ci scusi, non serviamo le stronze» risponde mia madre con tono aggressivo.

«Boccaloooooooona!» grido io irrompendo nel negozio.

Lei urla, Giada si toglie la parrucca e si gode il nostro abbraccio. Stefano afferra la parrucca, la indossa e urla in falsetto: «Chi mi devo scopare qui dentro per avere un etto di prosciutto?».

Seguono grida, pianti, abbracci.

Sono di nuovo a casa!

La mamma chiude subito il negozio per correre a prepararci la cena. Una volta arrivati a casa, Giada viene rapita da mia sorella Laura. Si barricano in stanza per giocare a Segreti e bugie. Stefano, invece, va a farsi una doccia.

Io rimango in cucina con la mamma. Lei mi dà le spalle. È una donnina piccola, mia madre, dimostra meno dei suoi anni, la sua vera età gliela leggi solo negli occhi.

«Hai sentito tuo padre di recente?»

«Sì, qualche giorno fa. Era a Istambul, credo che torni la settimana prossima.»

«Hai sentito anche lei?»

Mamma non riesce ancora a dire il nome della compagna di mio padre.

«No, papà era in crociera» rispondo, ma so che la domanda in realtà era un'altra: se lei mi telefona ogni tanto, se ho rapporti con lei. Faccio finta di niente e non aggiungo altro.

«E con Giada come va? La trovo un po' sciupata, e poi è dimagrita. Siete stanchi?»

«Sì, mamma, siamo stanchi. Da quando è finito il programma, ogni mattina ci svegliamo in una città diversa e fra pochi giorni iniziamo pure il tour. Giada è nervosa, preoccupata, ma credo sia normale, no?»

«Sì, lei è sensibile, accusa molto i cambiamenti e poi è così... così...»

«Così come?» la incalzo.

«Così piccola e fragile, proprio come dice Drupi nella sua canzone» mi risponde ridendo.

«Chi è Drupi?»

«Un cantante di quando ero piccola io... Senti, come facciamo stanotte?»

Ho già capito dove vuole andare a parare. Sa benissimo che Giada e io dormiamo insieme tutte le notti, ma qui siamo in casa sua, io sono suo figlio e lei *deve* fare la madre. Quello che forse non sa (o forse sì) è che il sesso, nel mio rapporto con Giada, non è più al primo posto.

Aspettate, che cosa avete capito?!

Fare l'amore con Giada rimane sempre una delle esperienze più belle della mia vita, ogni volta. Solo che ora non è più così fondamentale farlo sempre. Il sesso adesso convive con cose più intime e importanti per me, in un certo senso persino più appaganti. Possiamo stare anche una settimana intera senza farlo, ma per me è come se lo facessimo ogni giorno. Potrei rinunciare al sesso ma:

mai a dormire abbracciato a lei;
mai ai suoi baci;
mai a sentirla cantare sotto la doccia;
mai a lei che al cinema cerca la mia mano;
mai a un bagno con la schiuma nei vari hotel dove passiamo le notti quando siamo in giro;
mai alle foto che ci facciamo dentro le macchinette dei centri commerciali;
mai a risvegliarmi tutto anchilosato perché lei si è addormentata sopra di me sul divano la sera precedente;
mai a non trovare i miei maglioni perché li ha indosso lei;
mai alle sue "uscite di testa", come quando mi lancia le cose;
mai a lei.

«Be', io posso dormire qui sul divano, tu e Stefano nel mio letto, e Laura e Giada in cameretta.»

In quel momento entra in cucina Stefano, mentre si strofina i capelli con un asciugamano: «No, no, non se ne parla nemmeno, sul divano ci dormo io e non voglio sentire volare una mosca. Alle altre combinazioni pensateci voi».

«Mamma, io con lui non ci posso dormire. Metti che nel sonno gli vengano strane voglie» dico facendo l'occhiolino a Stefano.

«Piantala, Mattia» mi rimprovera la mamma. «Scusalo, ti prego.»

«Non si preoccupi, signora. Mattia ha ragione: io sono innocuo da sveglio, ma non posso dire lo stesso quando dormo.»

La mamma ride.

Alla fine decidiamo che Laura dormirà con la mamma, Stefano (in quanto innocuo) con Giada e io sul divano. Nel cuore della notte però Stefano mi sveglia e mi dice che quello non è il mio posto e che Giada mi sta aspettando di là. Vado da lei.

Tanto la mamma dorme.

Tanto la mamma sa.

Delle voci mi svegliano. Provengono dalla cucina.

La mia stanza è inondata di luce. Ormai alle pareti ci sono solo i poster di Raoul Bova, Tiziano Ferro, Gabriel Garko e Paolo Meneguzzi. Mia sorella, non appena me ne sono andato, ha segnato il territorio.

Riconosco tra le risate che arrivano dalla cucina quella di mia madre. Ma anche la voce roca che ha Giada tutte le mattine appena sveglia.

«E tu, Stefano, ce l'hai l'amore?» sento chiedere da mia madre.

«Boh, no... Sì, insomma... Non so bene...»

«Ma sì che ce l'ha, si chiama Ale, ed è anche molto carino. Dài, Ste, falle vedere il tatuaggio che ti sei fatto sull'inguine» interviene Giada.

Oh mio Dio, che cosa vedono i miei occhi quando entro in cucina: Giada che abbassa i jeans a Stefano per permettere a mia madre di guardargli l'inguine dove si è tatuato il nome di Ale.

«Be', non mi sembra un amore da poco se hai deciso di tatuarti il suo nome proprio lì...»

«Mammaaaaa!»

«Che c'è, Mattia? Ho detto o fatto qualcosa che non va?»

«No... È che mi fa strano sentirti dire cose così... moderne, ecco.»

«Da quando parlare di amore è sinonimo di modernità?» risponde mia madre.

È proprio vero che le prospettive cambiano. Le persone cambiano. E talvolta anche le mamme riesci a vederle per quello che sono: semplicemente delle persone.

3
Le serate

"Altro giro altro regalo... venghino, siore e siori!"

In questi giorni è come se vivessimo in un luna park, anzi, in una lavatrice: funzione centrifuga.

La giostra si mette in moto sin dalla mattina presto, non appena Giada e io usciamo dalla nostra stanza. Già nel corridoio incontriamo sempre qualcuno che ci fa l'occhiolino chiedendoci se abbiamo passato una buona notte. In quel "buona" c'è tutta la malizia del mondo. Se solo le mura della nostra stanza potessero parlare, racconterebbero un'altra verità: racconterebbero di notti fatte di stanchezza, di lacrime, di Giada che continua a chiedersi se è all'altezza della situazione mentre io, stringendola tra le mie braccia, cerco di rassicurarla. Mi capita spesso di svegliarmi la mattina presto, proprio nel momento in cui la luce inizia a penetrare nella stanza, e di vedere Giada rannicchiata in poltrona con indosso il mio maglione tirato fino a coprirle le ginocchia, la testa reclinata sulla spalliera, gli occhi semichiusi, eppure luminosi e taglienti come il bisturi di un chirurgo. Lei mi guarda, mi sorride, mi dice buongiorno e subito dopo avermi baciato ogni volta mi sussurra: «Promettimi che non usciremo mai più di qui, promettimi che questa stanza è e resterà il nostro mondo».

... muoia sotto un tram / più o meno tutto il mondo... / Muoia quello che è altro da noi due...

«No, Giada, questa stanza non è il nostro universo, quello ci aspetta là fuori. Ma non devi avere paura. Io ci sono e ci sarò sempre.»

Non appena accendiamo i nostri cellulari inizia una cantilena di *bip bip* che annuncia gli SMS in entrata. Da quando è finito il serale siamo stati costretti a cambiare numero per ben due volte. Ma non c'è niente da fare: basta qualche giorno e ricomincia la solita storia. Le stesse valanghe di chiamate e messaggi.

Ci vogliono. E ci propongono serate in tutta Italia. Addirittura ieri una famosa azienda che produce utensili per il fai-da-te ci ha contattato per proporci di partecipare alla serata di lancio di un nuovo kit. Pur di farci andare, ci avrebbero dato duemila euro a testa. Ma perché Giada e io dovremmo essere testimonial di una cosa del genere? Perché dei ricchi provinciali smaniano dalla voglia di averci per quindici minuti con in mano la loro valigetta del cazzo?

Sembra assurdo, lo so, ma abbiamo serate prenotate da adesso fino a settembre. Tutti continuano a dirmi che dobbiamo battere il ferro finché è caldo, che questo è il momento per accantonare un po' di soldini. Chicco e Luca ci hanno spiegato che, certo, è giusto fare le serate, ma ci hanno consigliato anche di scegliere quelle in cui ci viene richiesta un'esibizione, non quelle in cui si limitano a scattarci fotografie e a farci firmare autografi. L'altro giorno mi telefona un tizio: «Perché non venite a trovarci una di queste sere? Saremmo lieti di avervi come ospiti nella nostra discoteca...». A quel punto, come mi è capitato di fare spesso negli ultimi tempi di fronte a proposte del genere, chiedo: «A fare che cosa, scusa?». «Ma come? A salutare i vostri fan, a bere un drink... Poi magari tu e Giada vi mettete nel privé e fate un po' di foto e di autografi. Sarebbe questione di una mezzoretta circa. Certo, è chiaro che se voi foste un po', diciamo così, caldi... cioè se tu e Giada vi baciaste... be' sarebbe il massimo.» «E perché dovremmo farlo?» «Hai presente Costantino e Alessandra? Be', loro ormai sono finiti e il pubblico ha voglia di una nuova favola, di una coppia più fresca, più vera.» *Clic!* Non so perché, ma a questo punto cade sempre la linea.

La settimana scorsa ci ha contattato una discoteca sarda per proporci una serata "vera". Io avrei dovuto fare un assolo, *Hide-U* dei Kosheen, Giada il monologo dell'attrice sfigata, e poi, insieme, un passo a due su *Gabriel* dei Lamb. Abbiamo persino portato con noi un video tratto dalla finale.

Ad aspettarci all'aeroporto troviamo una limousine. Noi siamo senza parole: ci stanno trattando da veri VIP, manco fossimo Madonna e Prince. L'autista ci accompagna in albergo per farci riposare prima della serata e ci dice che ripasserà alle undici. E così è. La discoteca si trova a una mezzoretta di strada. Parcheggiamo in un piazzale enorme in cui però, cosa che mi insospettisce parecchio, ci saranno al massimo una ventina di macchine. Chiedo spiegazioni all'autista e lui mi risponde che quello è un ingresso secondario.

Io non ho vissuto negli anni Settanta, ma se dovessi immaginare una discoteca di quel periodo, sarebbe tale e quale al locale in cui siamo entrati quella sera. Soffitti altissimi, luci bianche sparate, divanetti di pelle marrone scuro, alle pareti losanghe rosse, rosa e arancio, gradinate, corridoi lunghissimi. Se fosse spuntato dal nulla John Travolta sulle note di *Saturday Night Fever* non mi sarei stupito per niente. Il nostro autista, tra mille complimenti, ci accompagna in "camerino", un sottoscala stracolmo di lattine di ogni tipo e marca, poi bottiglie di birra e superalcolici, tutte impilate e sigillate.

«Se avete sete, bevete pure, ragazzi» ci dice.

Stranamente là sotto la musica non arriva.

Giada non è tranquilla, chiede al tipo se possiamo iniziare subito lo spettacolo perché è stanca e vorrebbe tornare in hotel il prima possibile. A quel punto, ci fa salire al piano superiore del locale. Ancora niente musica. Dopo un giro interminabile, ci ritroviamo su un palco dietro al sipario tirato.

«Mettetevi là in mezzo, ragazzi.»

Oltre la tenda si sente un brusio di voci, ma mi sembra fin troppo leggero.

Parte uno stacchetto, anche questo stile anni Settanta.

Si apre il sipario.

Davanti a noi una quarantina di persone sedute a un tavolo lungo. Tutte le pareti della discoteca sono tappezzate di poster con su la nostra faccia e una scritta: TI VOGLIAMO BENE GIUSY.

Ma chi cazzo è Giusy?

All'improvviso parte la sigla del serale di *Amici*. La gente seduta al tavolo urla: «Sigla-sigla-sigla».

Mi giro verso Giada: è paralizzata. Poi, come se si risvegliasse improvvisamente, guarda verso il fondo della sala e inizia a ballare. «Dài, Mattia» mi urla: «balla!»

Facciamo qualcosa che ricorda vagamente la sigla di *Amici*: stiamo vivendo una situazione tragicomica. La sigla finisce e si accendono le luci della sala. Il nostro "autista" ci prende per mano, ci porta al centro del palco e rivolgendosi emozionato alla ragazza seduta al centro della tavolata dice: «Felice matrimonio, cara Giusy, questo è il tuo regalo».

Sorridiamo inebetiti davanti a una tavolata di gente assurda, con tanto di bambini che sembrano i sosia di Chucky, la bambola assassina.

"Ti prego, Giada, prima di fare qualunque cosa, conta fino a dieci. Ti prometto che massimo entro mezzora ti porto via da qui."

Scendiamo dal palco e ci mischiamo a loro. A un certo punto vedo Giada parlare con un tizio piccolo, magro magro, appuntito. Il nostro autista mi dice che è il proprietario della discoteca. Lui le appoggia le mani sulle spalle, dalla faccia di Giada capisco che si sta spingendo oltre. Riesco quasi a immaginare cosa le sta dicendo.

"Sai, con una come te, qui le cose andrebbero meglio. Ti

basterebbe poco per avere successo. Se solo lo volessi, qui potresti essere la numero uno."

E poi accade l'inevitabile. Come alla moviola, vedo Giada piegare la gamba, portare il ginocchio all'indietro, cercare forza nelle gambe e riportare il ginocchio in avanti, a colpire proprio la patta del pantalone di lino del tipo. Un urlo di dolore rimbomba nella discoteca semivuota, ma Giada è bravissima e risucchia quell'urlo in una fragorosa risata. Subito dopo inizia un monologo esilarante, che recita imitando l'accento sardo.

Scusate il disturbo, mi chiamo Valeria. Tutti pensano che sia sarda e invece sono romana de Roma. Allora, che dire? Sono veramente commossa di trovarmi su questo palcoscenico, ehm... discoteca. Avevo anche preparato un discorsino, ma non ricordo più niente... Scusatemi, in testa ho una tale orgia di neuroni che urlano tutti insieme! Che cosa volete sapere? La prima parte che ho avuto è stato un piccolo ruolo, una fanciulla spagnola nel film *Maja desnuda*, sulla vita del grande pittore spagnolo... come si chiamava? Go... Yoga! Oddio stavo per dire Goya. Ora sono in procinto di partire per rappresentare l'Italia al Festival di... [*rivolgendosi a me*] Dove andiamo questa volta? Scusate, ma devo chiedere al mio agente perché con tutti questi viaggi faccio molta confusione. I miei progetti per il futuro... Be', insomma, non so se posso ancora dirlo. Sapete, sono molto scaramantica, ma c'è in ballo un film importantissimo, realizzato in occasione di un millenario... Non chiedetemi quale perché ce ne sono talmente tanti... Insomma si tratta di una specie di *Eneide*. Io sono molto emozionata, come ogni attrice ho sempre sognato di fare il personaggio di Enea, una donna molto umana e allo stesso tempo forte e determinata, con quei riccioli e quelle bisce tra i capelli. Poi, a parte questo, ho anche tanti progetti personali... In effetti vorrei occuparmi della mia vita privata, dei canili, delle magnolie che si stanno estinguendo e della pace nel mondo. Infine – a voi posso dirlo – vorrei un bambino. Anzi ne vorrei tre, ma non insieme, uno per volta.

Adesso scusatemi, ma domani mattina ho un provino troppo importante per stare qui a regalarvi minuti del mio sonno prezioso. La mia faccia ha bisogno di stare distesa su un cuscino, perché miei cari, ve lo posso assicurare, non c'è crema che tenga: se volete rimanere giovani, con la pelle bella come quella del culetto di un bambino, l'unica cosa da fare è dormire, dormire, dormire...

A quel punto mi prende per mano e tra gli applausi facciamo la nostra uscita trionfale. L'autista ci riporta in hotel. Sono sicuro che chi è rimasto in quella discoteca, non solo non ha capito la parodia del monologo di Giada, ma è già tanto se s'è accorto che ce ne siamo andati...

4
Il tour di *Amici*

Stadio Olimpico. L'autobus argentato di *Amici* si infila tra la folla in attesa fuori dai cancelli. Entriamo dall'ingresso riservato ai calciatori. E come accade per i calciatori, c'è gente, tanta gente, ad aspettarci. Sì, aspetta proprio noi.

È primo pomeriggio, lo spettacolo sarà stasera, ma i nostri fan sono già qui numerosi.

Negli spogliatoi, ad accoglierci, ci sono Steve, Maura e Garrison con Rita, la sua assistente. Sono ansiosi di farci vedere il palco, immenso, posizionato proprio davanti alla Curva Sud. Appoggio la borsa e, insieme a Giada, entro nello stadio.

Ecco come deve sentirsi Vasco alle prove dei suoi concerti. La musica che conosciamo fin troppo bene rimbomba in in quell'enorme spazio vuoto. Le transenne sono a dieci metri dal palco. Il pubblico sarà troppo lontano da noi, sembreremo ancora più piccoli di come ci sentiamo. Sono emozionato. Ho persino i crampi allo stomaco per la tensione. Sarà la prima volta che ci mostriamo senza rete, senza la protezione di Maria e del programma. Avverto alla pancia la stessa morsa che avevo le prime volte che ballavo in pubblico. Improvvisamente mi assale una strana sensazione, è quasi paura: forse stasera scoprirò che sono un fallito. La gente me lo farà capire a suon di fischi.

«Mattia sei l'unico che farà un assolo, me raccomanno...» mi sprona Rita «... So che adesso te senti 'na cacchetta, ma quando sarai sur palco la gente penserà che sei figo solo se lo penserai prima tu; hai una faccia da schifo, sei bianco in faccia e non sei figo. *Essilo* ora!» Rita parla un romanesco talmente stretto che lo stesso Totti avrebbe bisogno di un interprete per capirla.

Alla fine delle prove generali, tutti negli spogliatoi.

È arrivato il momento di fare entrare il pubblico. Il ventre dello stadio rimbomba, aumentano i rumori, la musica sale di volume. Anche Giada ha i crampi allo stomaco. Faremo un passo a due e poi dovrà recitare un pezzo, da sola. È sempre più agitata. Cerco di tranquillizzarla: «Giada, anche a me sembra di non potercela fare. Possiamo *non farcela*... insieme?». Poi la prendo per mano e la porto con me verso il tunnel di ingresso al palco. Manca ancora un'ora all'inizio dello spettacolo e là fuori c'è già una folla ad aspettarci.

Sporgiamo la testa dal tunnel per vedere quanta gente è arrivata. Un boato! Come quando i calciatori fanno gol. Giada si tira subito indietro spaventata. Io resto a guardare, senza parole. Sento un rumore fortissimo, come una mareggiata. Non capisco che cosa stiano urlando tutte quelle persone a una voce. «... IA... IA!» Mattia!? Stanno urlando il mio nome! Chiamo Giada che si è nascosta dentro il tunnel e la riporto vicino a me. Un boato ancora più fragoroso ci investe. Pazzesco!

«Che dicono, amo'? Dicono "Mattia-Mattia"!»

«Adesso però stanno urlando "Giada"!» aggiungo io.

Sì. Stanno chiamando proprio noi.

Gridano i nostri nomi, come se fossimo delle star. È una sensazione straordinaria, sento un caldo pazzesco alla pancia. Non credo che riuscirò mai a dimenticare l'emozione di tutte quelle persone che urlano il mio nome. Quel muro di pubblico che pensavo avremmo trovato una volta usciti sul palco sembra sempre più un materasso morbido morbido. Non è possibile che mi facesse tanta paura! Sono felice. Perché ora so che sarà una figata fare questo spettacolo, divertire tutta questa gente.

Torno di corsa negli spogliatoi e mi guardo allo specchio: sono bello, anzi, come dice Rita, sono figo. Per un attimo penso che là fuori è pieno di ragazze che mi vogliono. Mi guardo di nuovo allo specchio e mi sento ancora più figo.

«Chi è di scena?!»

Tocca a noi. Corriamo come dei matti fino al tunnel. Saliamo sul palco. Esplode la musica e insieme lo stadio: *It's Raining Man*. Sono immerso nel sogno fino al collo.

Finisce la sigla, noi usciamo di scena. Ho come un improvviso blackout nel cervello, non mi ricordo nemmeno più che cosa devo fare. Mi guardo in giro e trovo appesa con lo scotch alla parete del tunnel una paginetta con la scaletta scritta a mano. Tocca ancora a me, l'assolo!

Di lì a qualche secondo sento una voce, ma non riesco a cogliere tutte le parole che dice, sono come inebetito.

«... il vincitore di questa edizione... Mattia!»

Io me ne sto lì, imbambolato, incapace di muovermi fino a quando non sento un calcio nel sedere da parte di Rita: «Vai, bello, spaccaje er...». Non fa in tempo a terminare la frase che sono già fuori. Vengo accolto dal suono di centinaia di trombe da stadio. Sul palco volano mutandine, orsacchiotti, reggiseni, bigliettini, che cerco di schivare mentre ballo il mio assolo. Finisco in ginocchio, la testa bassa.

Silenzio.

Poi scoppia l'applauso più bello che abbia mai sentito. Non ci posso credere. È tutto per me.

Una ragazza scavalca le transenne, mi corre incontro e mi salta in braccio, avvinghiandosi a me con le gambe. Addirittura mi bacia in bocca e, se non ricordo male, mi lecca anche il collo. Questo prima che uno della sicurezza arrivi e la porti via dal palco.

Guardo il pubblico. Le ragazze davanti a me stanno impazzendo e io, stupendo persino me stesso, improvviso un movimento alla Ricky Martin col bacino.

Vengo investito da un'onda di calore ed entusiasmo. Allargo le braccia per prendermela tutta in faccia. Questo è quello che voglio! Questa è la vita che desidero!

A fine spettacolo torniamo di corsa negli spogliatoi. Passa qualche istante e siamo subito circondati da centinaia di persone che ci toccano e ci stringono. Ho quasi paura, ma mi lascio trasportare lo stesso. Oltre alla sicurezza arrivano anche i ragazzi della redazione: ci spingono fuori dagli spogliatoi verso il pullman. Dicono che dobbiamo sbrigarci. Alcuni dei nostri fan hanno addirittura forzato i cancelli. Vedo Erica senza scarpe, gliele hanno tolte; io sono praticamente in mutande. Le donne sono state risparmiate, ma noi ragazzi siamo quasi nudi. Arrivano decine di poliziotti. Saliamo sul pullman che però non riesce a muoversi. Un gruppo di ragazze in delirio picchia con i pugni sui vetri per attirare la mia attenzione. Giada è alle mie spalle, seduta accanto a Tommaso. A un certo punto non ce la fa più. Scavalca il sedile e atterra sul mio petto. Poi si siede sopra di me, a cavalcioni, e prendendomi la faccia tra le mani, mi bacia di brutto. Le ragazze che ci guardano da fuori applaudono e poi picchiano sempre più forte contro i vetri. Io e Giada ci baciamo con ancora più foga. Sono certo che lei lo faccia per dire al mondo che io sono suo. Io perché mi fa sentire da dio essere amato da Giada. Ed essere desiderato come un idolo. Il pullman finalmente riesce a farsi largo tra la folla e a imboccare la strada che ci porterà via dall'Olimpico.

Sono ancora stravolto per quello che ci è successo quando: «'A ciccio...». È Rita, comparsa alle mie spalle. «Ricordati che nun sei nissuno. Hai ballato da schifo... e 'ste sgallettate prima o poi finiscono. Devi solo spera' che nun ci fossero coreografi tra il pubblico... So come te senti... tipo una star, vero? Goditela pure, ma ricordati che nun sei nissuno!»

Prendo la mano di Giada e gliela stringo.

Una volta arrivati al residence, Giada e io corriamo in stanza (ora che *Amici* è finito ci hanno dato una stanza tutta per noi, nella parte "nobile" del residence, un vero e proprio hotel), e, manco fossimo Beckham e signora, ordiniamo champagne, sushi e ostriche... Mai fatto prima d'ora una cosa simile, ma dobbiamo pur festeggiare il primo giorno del tour!

Poi però non tocchiamo quasi niente del carrello che ci lascia il cameriere: dopo il primo calice di champagne iniziamo a baciarci e a spogliarci, e la mattina arriva molto prima del sonno.

5

Se non hai la quarta non sei una VIP

Oggi siamo a Palermo. Me l'avevano detto che il Sud regala molto, ma non avrei mai pensato di ricevere così tanto calore. Sotto al palco migliaia di giovani cantano e ballano con noi.

Al tour partecipano tutti i ragazzi che sono arrivati al serale di *Amici*. Oltre a quelli che già conoscete, ci sono anche Vanessa e Paola, due cantanti strepitose che nel corso del programma non si erano distinte particolarmente. Ora invece sono straordinarie, dei veri talenti, capaci di accendere il pubblico. Stasera però Vanessa non è qui con noi. Non sa che cosa si sta perdendo. Dicono che ha un problemino. Le ragazze sembrano sapere tutto ma non parlano.

Durante la cena che segue lo spettacolo, Tommaso fa il terzo grado a Giada. Ieri ha sentito Vanessa al telefono e gli è sembrato avesse una voce strana. Poi, ogni due per tre, lei si lamentava, diceva: "Ahi... ahi...", e alle sue domande rispondeva vagamente, ripetendo che si trovava in una posizione scomoda. Le ragazze si guardano, complici, ma nessuna di loro sembra intenzionata a raccontare quel che sa.

Tommaso sta uscendo di testa.

«Non è che quella ci pianta in asso? Magari ha ricevuto una proposta di lavoro pazzesca e se ne va senza dirci nulla. Eh no, sarebbe il colmo! Uno come me si fa un culo così per stare sempre a mille, con la speranza che in mezzo al pubblico, oltre alle ragazzine, ci sia anche un produttore o qualcosa di simile, e poi... notano Vanessa e non me! Secondo voi, dovremmo prenderci un agente?»

Tommaso è fatto così, non è capace di rilassarsi, di godersi l'attimo. Sta facendo il tour, che per noi è già un sogno, ma a lui non basta! Ha una voglia di arrivare che non si regge... Ma poi, chi cazzo lo dovrebbe notare?

«Un agente per cosa?» gli chiede Erica.

«Per disegnarci il futuro» risponde subito Tommaso. «Sono finiti i tempi in cui, passeggiando per la strada, si poteva essere notati da un pezzo grosso del mondo dello spettacolo che ti fermava e ti diceva: "Ehi, sai che tu hai una faccia pazzesca e saresti giusto, preciso, tagliato per il cinema?". No, ora non succedono più queste cose. Secondo voi Scamarcio ha fatto tutto da solo? No! Avrà iniziato prendendosi un bravo agente che lo aiutasse a scegliere i provini giusti, no?!»

«Be', certo, tu e Scamarcio siete uguali, stesso fisico, stesso sguardo intenso... Piantala Tommaso, *fly down*, ringrazia che stai facendo il tour» ribatte ironica Erica.

«Comunque hai fatto centro» interviene Giada. «A Vanessa è capitata una cosa pazzesca. Hai presente Craig David? Il cantante? Be', Vanessa canterà in duetto con lui. La sua casa discografica ha notato Vanessa e ha chiamato la produzione di *Amici* per farsi spedire delle puntate registrate. Craig David, che prima di allora non sapeva nemmeno chi fosse Vanessa, l'ha vista ed è pazzo di lei; l'ha voluta incontrare a Londra. Tra loro c'è stato subito feeling. Pensa che oltre al duetto gli ha proposto altri tre pezzi e poi la vuole nei video e nel tour. Lei mi ha raccontato che le hanno offerto un contratto da 150.000 dollari per un anno oltre alla promessa di un disco tutto suo qui in Italia.»

Tommaso è steso, morto dall'invidia, sta agonizzando nel suo livore anche se, come al suo solito, si sforza di non darlo a vedere. Deglutisce un boccone di pane molto lentamente. «Come mai a me non l'ha detto? E poi, scusate, ma tra tutti Craig David sceglie proprio Vanessa? Cioè, dico, c'è Paola che ha una voce strepitosa, due tette così e lui chi vuole? Vanessa? Ma dài, è fantascienza! Cioè, avete presente Vanessa?»

Bip bip bip. Arriva un MMS al cellulare di Giada. Subito dopo ne arriva uno anche a Erica, Stefano, Beppe e a me. Lo apriamo tutti nello stesso momento. Sul display una foto a mezzo busto di Vanessa. Non appena la vediamo, scoppiamo in una risata fragorosa.

«Che c'avete da ridere?» chiede Tommaso.

«Vanessa ci ha mandato una foto da Londra» ridacchia Beppe.

«Be' e io? Chi sono? Quella è proprio una stronza. Se penso che mi ero pure innamorato di lei, come ho fatto non so. Ora le mando un SMS e gliene dico quattro!»

Pochi minuti dopo gli arriva un MMS animato. È un culo che parla e che dice: «Be', che cazzo c'hai da guardare? Non hai mai visto un culo che parla? Ma vedi di andare a fanculo, va'...».

«Ah ecco, che ci sarà, poi, da ridere tanto. Io 'sti MMS per tutti, spediti a rullo, proprio non li sopporto! E poi, che c'era di così divertente lo sapete solo voi...» bofonchia ignaro Tommaso.

«Che ci vuoi fare, ci divertiamo con poco, siamo ragazzi di provincia, noi» dice Erica.

Il giorno dopo partiamo per tornare a Roma. Appena superiamo la porta a vetri che ci separa dall'uscita dell'aeroporto troviamo proprio Vanessa ad aspettarci. Indossa una T-shirt bianca e ha due tette da far paura. Le ragazze sono elettrizzate. Noi ragazzi, invece, siamo come intimiditi, quasi non riusciamo ad avvicinarci a lei. Tommaso ha la mandibola a terra. Vanessa è la donna più felice del mondo. Ostenta le sue nuove enormi tette come fossero un paio di scarpe nuove, se le tocca, le solleva e ripete: «Be', che ve ne pare?».

Sono giganti, assurde, sfidano la forza di gravità: tonde e grosse come due meloni tanto che quasi smagliano la T-shirt. Nella foto che ci aveva mandato via MMS la sera prima non sembrava così ben fatto il "lavoretto"!

Vanessa ci spiega che sta ancora male, e di notte fatica a addormentarsi, però... quando si sveglia e ha davanti agli occhi il motivo di tanto dolore, le passa subito ogni voglia di lamentarsi.

«Io, però, non ho ancora capito perché lo hai fatto» le chiede timidamente Stefano.

«Ma come perché l'ho fatto? Non ti ricordi com'erano prima?»

«A me sembravano normali, senza infamia e senza lode» ribatte Beppe.

«Belli, io me le ricordo bene: erano due prugne rinsecchite, che pisciavano in giù. Se non ci credete, vi rinfresco la memoria» e ci spara in faccia il suo cellulare: sul display una foto di due tettine, francamente bruttarelle, ma niente di catastrofico.

«Ho deciso di memorizzare questa immagine come sfondo per averle sott'occhio in ogni momento e ricordarmi com'erano, ma soprattutto per ricordarmi sempre di questo magnifico investimento. Tutte le volte che sento un dolore insopportabile o inizio ad avere qualche pentimento, osservo questa foto e tutto passa.»

«Ma quanto le hai pagate?» chiede Erica.

«Be', la domanda è sbagliata in partenza. Quando hai fame, non ti domandi quanto costa quel panino o quell'altro. Hai fame e devi solo mangiare, perciò scegli e paghi. Era una vita che avevo fame di mettermi un vestito decente, di indossare un bikini, di stare in canotta, di non vergognarmi quando faccio l'amore con un ragazzo. Vi ricordate le foto al mare che ci hanno scattato per quella rivista? Giada e Paola le piazzavano in primo piano e non a caso. Io invece ero sempre sullo sfondo e, in una foto, persino sfocata! Insomma, basta!, è ora di pensare che la nostra vita è cambiata. Noi abbiamo fatto un salto, non siamo più solo degli spettatori, noi adesso ci siamo entrati nella TV e la gente ci guarda, ci segue. E poi, lasciatemelo dire, se non hai almeno una quarta non sei nessuno, figurati una VIP... Ma cos'è che mi avevi chiesto? Quanto le ho pagate? Una fesseria, l'equivalente di due serate in discoteca a cantare tre canzoni.»

«Ma non pensi che ora la gente si farà un'idea sbagliata di te?» le chiede Paola.

«E perché dovrebbe? Io non canto mica con le tette. Poi, se proprio dovessero pensare male di me, amen. Vorrà dire che sono degli scemi. Scusate, però, perché mai dovrebbero farlo? Anche Giada ha le tette rifatte ed è arrivata seconda...»

«No, non intendevo questo. Voglio dire, non vorrei mai che, vedendoti così, adesso pensassero che... Che ne so... Lo sai com'è la gente!» arranca Paola.

«Adesso una è zoccola solo perché si fa un paio di tette nuove. Ma fammi il piacere, dài... Sai quante ce ne sarebbero? Girati, guardati intorno e conta le zoccole che ci sono qui in aeroporto» conclude alterata Vanessa.

«Ma no, dicevo anche per il lavoro. Sai quanti stronzi ci sono in giro? Quanti cialtroni s'inventano chissà quale professione e chissà quali progetti solo per... che ne so... Dài, se ne sentono di cose... Là fuori è pieno di squali.»

«Bella, guarda che mi sono rifatta le tette non il cervello. Sono ancora capace di usare la testa... Basta con 'sta menata degli squali. Che ne sai, magari lo squalo sono io, no?» Poi, stanca della discussione e della misera accoglienza, Vanessa e le sue tette girano i tacchi ed escono dall'aeroporto.

6
Tempo libero

In questi giorni siamo di riposo, a fine settimana però ripartiamo per Genova, altra tappa del tour. È strano essere di nuovo a casa. Oddio, "casa" è un parolone visto che per me e Giada "casa" continua a essere il residence.

Ed è strano anche avere del tempo libero, senza nulla da fare.È come infilare le mani in un paio di tasche vuote: le giri e le rigiri ma alla fine non ci trovi nulla.

L'unica che sembra godersela veramente è Giada: sostiene che solo in questi giorni *off* può occuparsi di se stessa. Oggi per esempio ha deciso di andare a farsi le extension insieme a Erica. A me non piacciono molto, ma la volta che ho osato dirglielo è scoppiato un casino, perciò me ne sto zitto.

Approfitto dell'assenza di Giada per fare due passi in centro, da solo. È tanto tempo che non mi capitava. E mentre cammino tra la gente penso che, se non vuoi farti riconoscere, nessuno ti riconosce. Basta non guardare mai gli altri negli occhi, ma sempre in basso. Se non la guardi, la gente non ti guarda. Con questo piccolo accorgimento, posso andare tranquillamente al supermercato, da Blockbuster, al bar senza che nessuno si accorga di me.

Entro in un centro commerciale. Nell'atrio principale c'è uno schermo gigante sintonizzato su Sky. Stanno trasmettendo una puntata di *Amici Story*, proprio quella in cui Steve mi fa il culo perché continuo a sbagliare la sequenza che mi ha spiegato. Mi fermo lì davanti. Seduti su una panchina di fronte allo schermo ci sono alcuni ragazzi che guardano e commentano la scena. A un certo punto uno di loro fa: «Ma è proprio un coglione quel Mattia: è la sesta volta che gli fa ripetere la coreografia e quello niente. È proprio de coccio». Io mi avvicino al gruppetto e senza distogliere lo sguardo dal video aggiungo: «Be', sì, effettivamente... Quella coreografia è pure una cagata: è proprio una pippa quel Mattia». Dopodiché giro i tacchi e me ne vado. Però faccio in tempo a sentire il commento del ragazzo: «Visto? Che v'avevo detto? È un coglione. Lo sanno tutti. Ormai in TV vinci solo se sei un coglione».

Dopo una mezzoretta sono di nuovo in strada, passo davanti a un negozio di animali e, mentre guardo i cuccioli in vetrina, chi ti vedo dentro? Garrison con Lola e Tako, i suoi cani. Entro e, visiera del berretto abbassata, gli chiedo un autografo.

«Come ti chiami? Tako, Lola *come on, come here*!!!» chiede lui distrattamente, preso com'è dal richiamo all'ordine dei due cani che, nel frattempo, hanno già arraffato alcuni ossi finti da uno scaffale del negozio.

«Mattia» gli ho risposto.

«Ah, proprio come il nostro vincitore...» dice alzando finalmente lo sguardo verso di me.

«Ma sei tu!? Scemoooo...» Ci abbracciamo forte.

Che tipo, Garrison! Non ha età. A volte penso che potrebbe essere tranquillamente un personaggio dei fumetti: è bidimensionale; diventa tridimensionale, umano solo quando piange. Avete mai fatto caso alle lacrime di Garrison? Sono giganti. E pesanti. Gli affogano l'occhio e poi, in pochi secondi, si impossessano della sua faccia, fronte e mento compresi.

«Che ci fai qui a Roma? Non dovresti essere in giro per l'Italia a fare la rockstar, attorniato da ragazzine che ti strappano i vestiti?»

«Garrison, io sono un ballerino, mica un cantante.»

«Ah già, scusa, è vero» risponde lui. La sua risata fragorosa arreda il negozio.

Ci spostiamo in un bar per bere un cappuccino e fare due chiacchiere in santa pace. Fosse facile! Dal momento che Garrison è esattamente così come lo si vede in televisione, con le sue maglie "sbagliate", i sandali colorati e i capelli spettinati, è difficile non essere interrotti mentre parliamo. La gente lo ama: lo abbraccia, lo bacia e lui si dà completamente, senza divismi, parla con tutti, consiglia tutti, talvolta fa domande strane, persino imbarazzanti. Ma lui può. Le sue parole non suonano mai arroganti o presuntuose. Il segreto di Garrison è che, già due secondi dopo aver salutato o baciato un fan, se ne dimentica, così, semplicemente, come se non l'avesse mai incontrato. Ecco perché ha tanta energia: non ha memoria.

Mi chiede come procede il tour, chi riceve più applausi a scena aperta; vuole sapere di Giada, di Stefano e degli altri. Mi racconta che sta facendo le selezioni per la nuova edizione, ma sembrano non finire mai. Mi confida che alcuni ragazzi lo hanno colpito molto e che spera piacciano anche agli altri insegnanti di danza.

Chiacchierando con lui, per la prima volta da quando è iniziata la mia avventura di *Amici*, capisco che sulla pelle ho tatuata una scadenza. Non ci avevo ancora pensato, ma fra pochissimo tempo Mattia non ci sarà più, ci sarà un altro ballerino, o un cantante o un attore, che prenderà il mio posto e la cosa mi fa male. Penso che questo sia l'aspetto negativo di *Amici*: anche se sei bravo, sei solo una meteora, un prodotto che va consumato prima della scadenza.

Garrison continua a parlare, ma io non ho più voglia di ascoltarlo, di sentire quanto sono bravi i ballerini di quest'anno. Chi se ne frega dei nuovi, cazzo! Sono ancora io il vincitore e non voglio fare la fine di Miss Italia: non intendo cedere lo scettro ai nuovi arrivati. Non ce la faccio a restare un minuto di più, i coglioni mi girano a elica, perciò trovo un pretesto e saluto Garrison.

«Passa a trovarci uno di questi giorni. Tanto sai dove siamo, no?» mi dice sorridendo mentre scappo letteralmente dal bar.

7
I provini della nuova edizione

Racconto a Giada del mio incontro con Garrison e di come ci sono rimasto male al solo sentire parlare della "nuova edizione di *Amici*". Lei mi fa ragionare. Mi dice che, comunque, io non sarò mai più anonimo: ho partecipato al programma, l'ho vinto e questo dovrebbe convincermi a pensare in grande. Secondo lei, a differenza di chi deve ancora iniziare la scuola, io ho già dimostrato di essere cresciuto e di avere talento. E grazie a questo potrò rimanere a galla. Le sue parole mi tranquillizzano... ma non del tutto. Perché, a essere sincero, ancora mi rode un po'. Comunque, visto che Luca ha chiamato Giada chiedendole che passassimo a trovarlo, eccomi qui, di nuovo, a Cinecittà. Non ne ho molta voglia, ma mi tocca.

Già alla sbarra d'ingresso capiamo che l'aria è cambiata, perché le guardie ci chiedono chi siamo e dove stiamo andando. Come chi siamo? Io ho vinto *Amici* solo qualche mese fa e Giada era al mio fianco. È possibile che siamo già tornati a essere "nessuno"? Se penso che una delle guardie che ci hanno fermato poco tempo fa mi ha chiesto un autografo per la figlia e ha pure voluto scattarmi una foto con il cellulare...

È tutto molto strano qui oggi. Sembra di camminare in una città fantasma, fa un caldo fottuto e l'asfalto è rovente.

Cinecittà è deserta. Non c'è in giro nessuno. La televisione d'estate va in vacanza, si trasferisce al mare, in spiaggia, con quelle trasmissioni falsissime in cui la gente viene pagata per fingere di divertirsi. Per fortuna, però, in questa stagione in TV mandano in onda anche un sacco di programmi vecchi, ripescati e riproposti nelle sere afose per i poveri cristi che non hanno la possibilità di refrigerarsi in località marine o montane.

Quando arriviamo in prossimità dello Studio 19 improvvisamente si avvertono delle forme di vita. Un plotone di ragazzi accaldati cerca riparo all'ombra. C'è chi ha l'MP3 alle orecchie, chi canta, chi balla, ed è subito flashback: io, un anno fa, qui, con Simona, la mia amica di Como che mi aveva portato con sé a Cinecittà per partecipare al provino di canto. È una sensazione strana trovarmi in mezzo a loro, perché tutto questo per me e Giada è solo passato.

«Tu la rifaresti la fila e tutto il resto?» mi domanda Giada.

«Stavo pensando la stessa cosa, boh, non so... Tu?»

«Potessi, mi ci rimetterei subito in mezzo.»

Il gruppo di ragazzi che ci sta intorno ci riconosce, e, come le acque con Mosè, si apre davanti a noi per farci passare. Non sono contenti di vederci, si capisce. Mi sembra di percepire una certa, non so come definirla, ecco, forse invidia. Dal loro punto di vista, noi ce l'abbiamo fatta, mentre loro ancora no. Non immaginano nemmeno che l'invidia la sento io nei loro confronti, perché quelli che entreranno nella scuola faranno dimenticare a tutti, alla velocità della luce, sia Mattia sia Giada.

Tra i ragazzi di quest'anno c'è ancora Denise, una cantante dalla voce particolarissima – e una figa pazzesca – che avevo conosciuto l'anno scorso ai provini. Scambiamo due parole: mi dice che aveva deciso di non provarci più, questa è la quarta volta ormai. Gli anni scorsi è sempre riuscita a superare le fasi eliminatorie, ma poi al provino decisivo non passava. Mi racconta che fino a qualche ora fa se ne stava a casa sua, tranquilla, decisa a saltarlo, questo giro, ma poi qualcosa si è impossessato di lei. Ha dovuto mollare tutto, salire sulla metro e venire qui. È convinta che i provini di *Amici* siano come una droga: dici sempre basta, però poi vai in astinenza, non ce la fai e anche se sei certo che non cambierà nulla, ci devi comunque provare. «Però» aggiunge «così la vivi male, non te li godi. Ti metti addosso quella faccia da cazzo di chi sa già come andrà a finire... Non tentarci è peggio: rischi di passare il resto dell'anno a dirti che forse qualcosa sarebbe cambiato se invece ci fossi andato.»

Mentre mi parla alzo lo sguardo. Davanti a me un serpentone umano. Certo che i veterani dei provini li riconosci alla prima occhiata. Ha ragione Denise, hanno tutti la stessa faccia: sono grigi, spenti, nemmeno questo solleone riesce a illuminarli, hanno lo sguardo vuoto, rassegnato e osservano le matricole entusiaste con aria assente e disillusa, manco fossero dei marziani.

Giada chiama Luca al cellulare, lui le dice di andare nello studio grande, dove sta facendo due chiacchiere con un gruppo. Ci chiede di non entrare subito. Non capiamo perché, ma facciamo come vuole. Non appena ci avviciniamo all'ingresso dello studio, ci viene incontro una ragazza della redazione. Per il momento dobbiamo solo restare là ad ascoltare. Continuo a non capire. Sento Luca che domanda: «Allora, che mi dite della classe dell'anno scorso?».

Una voce esile con un forte accento pugliese interviene subito: «Alcuni mi piacevano. Quella Paola, per esempio, aveva una voce straordinaria. Chi proprio non mi piaceva era Mattia. Mi è sembrato un po' troppo improvvisato, un po' troppo "muratore della danza". Cioè, va bene l'istinto, la passione, ma credo che anche la tecnica sia necessaria. Lui ne aveva ben poca, ecco.»

Una voce maschile rincara la dose: «Lo penso anch'io. Secondo me i ballerini devono essere ballerini. Insomma questo è *Amici*, dovrebbe esaltare il talento non solo la passione. Altrimenti ballerebbero tutti, no? Io credo che in questo la Celentano abbia ragione: non ci si può improvvisare, o si è ballerini o no. Ecco, per me Mattia ed Erica non lo sono».

Non ho idea di che faccia abbia il ragazzo che ha appena finito di parlare. Quel che è certo è che la sua voce mi irrita: è troppo acuta. Oltretutto fa delle pause drammatiche, manco recitasse Shakespeare.

«E di Giada che cosa ne pensate?» interviene di nuovo Luca.

Ora ho capito dove vuole arrivare! Li sta facendo sparare a zero su me e Giada per poi farci entrare in studio a sorpresa e scoprire quanti hanno i coglioni di ripetere le stesse cose davanti a noi.

«Be', è odiosa, è una gatta morta. Non ho ancora capito se ci fa o ci è. A volte mi sembra così scialba e inespressiva. Altre volte invece si accende e sembra quasi brava. In generale però non mi piace... E, sì, insomma, credo che su questa storia con Mattia ci abbia marciato. A una così quando mai gli capita un bono come Mattia. Solo in TV può succedere. E poi, dico, sei un'attrice, no? Allora, almeno la dizione cerca di impararla. L'Italia mica si ferma a Roma.»

«Bene. Signori e signore ecco a voi Giada e Mattia» annuncia a questo punto Luca con tono fiero.

Entriamo nel silenzio più assordante che io abbia mai sentito. Gli occhi dei ragazzi in studio sono sbarrati. Alcune mandibole crollate. Salutiamo Luca, poi io mi sistemo di fianco a lui, Giada gli si siede in braccio.

«Allora, Fausto cosa dicevi di Mattia?» inizia subito Luca.

Guardo in faccia questo Fausto e prima ancora che apra bocca capisco che è lui quello che qualche minuto fa ha detto che non ho né tecnica né talento. È un tipo filiforme, indossa una tuta a pagliaccetto, fatta di quadri di colore diversi. Ricorda un po' Arlecchino. La sua faccia, poi, non si può guardare: assomiglia vagamente a Totò. È seduto a terra in una posizione stranissima, un'orgia di gambe e braccia intrecciate, sembra un ragno.

«Be', no, insomma, voglio essere sincero: a me non piacevi. Cioè, si vedeva che eri molto indietro, nella danza intendo. Poi, se devo dirla tutta, io questi tuoi progressi non li ho proprio visti. Scusa, prima di entrare ad *Amici,* tu per quanto tempo hai ballato?» chiede Arlecchino.

«Non saprei... Non mi ricordo. Quel che so per certo è che ho vinto *Amici,* io» rispondo.

«E tu, Sara, che cosa dicevi di Giada?» continua Luca.

«Ma no, che c'entra. Prima parlavo di quello che mi arrivava da casa. Ora che la vedo di persona, è tutto diverso. Giada, sei in gamba, sensibile... e sei molto più carina dal vivo!»

«Grazie, grazie tante. Scusami, mi spiace dirtelo, ma, se parliamo di fisico, tu sei abbastanza, come dire, anonima. Se fossimo amiche ti consiglierei un buon parrucchiere. Insomma, quel taglio ce l'aveva mia nonna. Poi potresti rifarti le unghie e, visto che ci sei, anche le tette. Cosa avrai? Una prima scarsa, vero? E sai, senza tette è difficile farsi notare, vero Luca? Dài, Luca, racconta la verità a questi ragazzi: mi avete scelto solo perché avevo le tette rifatte, la french manicure, ma soprattutto perché ero e sono, ci tengo a precisarlo, una gatta morta.»

Parte un applauso e la povera Sara non sa da che parte guardare. Colpita e affondata! Non ho idea di come balli, ma quasi sicuramente posso dire che non verrà presa. Ha appena perso la sua occasione per dimostrare di avere carattere. Vi assicuro che per resistere sei mesi dentro la scuola, sopportare una classifica di gradimento, e soprattutto il meccanismo a imbuto del programma, il talento non basta.

Tra le ballerine, due ragazze catturano il mio sguardo: una biondina con un viso strepitoso – ricorda tanto Britney Spears agli esordi – e una morettina non bellissima ma con due occhi vivaci da cerbiatto.

«Mattia, facciamo un gioco» mi propone Luca, quasi mi avesse letto nel pensiero. «Guarda attentamente le ballerine di questo gruppo: puoi salvarne solo due. Chi scegli?»

«Ma no, dài, come si fa, non le conosco» cerco di giustificarmi.

«È esattamente quello che fa il pubblico: voi all'inizio siete sconosciuti, anonimi e come prima cosa dovete catturare l'interesse di chi vi guarda. Se ci riuscite, poi, chi vi ha votato vorrà vedere ciò che sapete fare e soprattutto come lo fate. Se superate quest'esame assocerà il vostro viso a un nome. Se riuscite a ottenere questo primo obiettivo, siete già a buon punto. Capite che cosa voglio dirvi? *Amici* è una scuola televisiva, a guardarvi non ci sono solo la Celentano, Steve, Garrison o Maura, al di là di quella scatola ci sono persone normali che non sanno nemmeno che cosa significhi ballare. E sono proprio loro i sovrani del vostro destino, sono loro che decidono se potete rimanere o meno in questa scuola. Il talento, a volte, non basta... Quindi, Mattia, chi ti ha colpito?»

«Non me ne vogliano le altre, ma mi incuriosisce molto quella ragazza lì, quella con i capelli bicolori...»

«Si chiama Dany» aggiunge Luca.

«... e la morettina che si mangia le unghie...»

«Alice: lei è minorenne. I diciotto anni li compirà a dicembre. Sa già che non può entrare da subito nella scuola. Se ne riparlerà, semmai, a fine anno. Bene. Allora, Dany fa' vedere a Mattia quello che sai fare. Mostragli l'assolo che hai preparato per il provino.»

Dany si alza: ha le gambe un po' tozze – se dovesse entrare nella scuola sarà sicuramente una preda della Celentano –, però si fa subito notare, ha un carisma pazzesco: è una Lolita, cucciola e donna insieme. Parte la musica e, guarda caso, è proprio un pezzo di Britney Spears, *I'm a Slave 4 U*. Sa essere sensuale senza essere mai volgare e mentre balla non riesco a toglierle gli occhi di dosso. Alla fine della coreografia i maschietti applaudono. Giada mi fissa con uno sguardo interrogativo. Le faccio un sorriso. «Trinkuilla» le dico, come fa sempre Steve.

Una morettina magra, bel fisico e faccina carina, interviene subito: «Luca, io Dany non la sopporto. È una questione di pelle. Adesso non ditemi che ha ballato, ha solo sbattuto i capelli a destra e a sinistra... e poi nei jeté non si alza nemmeno da terra...»

«Ok Sabrina» risponde Luca alla ragazza che ha appena parlato «perché non ci fai vedere che cosa sai fare tu? E voi, mi raccomando, state attenti perché poi vi chiederò di decidere per l'una o per l'altra.»

Sabrina ha portato un pezzo dei Negramaro. Ha tecnica, non c'è che dire, è brava. Le sue gambe sono bellissime, toniche e affusolate, e le sue linee sono perfette, ma – è il solito discorso – chi se ne frega, sembra priva di energia. Vedo ballare una persona con poca coscienza del proprio corpo: non c'è proprio paragone con Dany.

«Allora, ragazzi, su le mani, chi vota per Dany non può votare per Sabrina e viceversa» chiarisce Luca.

«Ma no, così è crudele» protesta una biondina che assomiglia a Paris Hilton.

«Be', se trovate che sia crudele scegliere, sono io il primo a dire che siete nel posto sbagliato. Io da voi non mi aspetto certo la cattiveria, però cerchiamo di mettere da parte il buonismo, per favore. Quotidianamente tutti voi fate delle scelte: decidete se prendere un tipo di jeans o un altro, se mangiare un piatto o un altro, se conoscere o meno un tizio o una tizia in base a come vi appaiono. Vi dico di più: chi avrà la fortuna di entrare in questo programma sarà sempre sottoposto al giudizio di persone perlopiù sconosciute che da casa decideranno se farlo andare avanti o no. Io ora vi sto solo chiedendo di fare quello che a breve faranno con voi. A ogni modo, per chi trova crudele esprimere una preferenza, non ho problemi a dirlo, quella è la porta.»

Non mi ricordavo più questo lato duro del carattere di Luca, forse perché lo tira fuori solo ai provini. All'inizio lui e Chicco sembrano distanti, anafettivi, severi. Sorridono poco, provocano in continuazione e sembrano non provare nulla per questi poveri aspiranti.

«Allora chi ha deciso di lasciare questo studio? Se volete vado a prendere un caffè così magari vi facilito il compito.»

Nessuno fiata, nessuno si muove.

«Su le mani per Dany.»

Tutti i ragazzi e parte delle ragazze hanno la mano alzata.

«E ora per Sabrina.»

Solo quattro-cinque ragazze alzano con decisione la mano.

«Bene, Sabrina, mi spiace, ma puoi anche andartene.»

Sabrina è sbigottita, i suoi occhi diventano lucidi. È sul punto di piangere, quando Luca la tranquillizza: «Scherzo, Sabrina, ma questo è quello che potrà succederti semmai dovessi entrare nella scuola».

«Posso veder ballare anche la morettina?» intervengo io.

Alice si alza, è timida e impacciata, cammina curva, quasi gobba, con le spalle in avanti. È goffa, sgraziata. Sta per togliersi la tuta, poi nota che la stanno inquadrando. Si blocca.

«Luca posso chiederti di non essere ripresa?»

«Scusa? Non ho capito» risponde lui.

«La telecamera deve per forza riprendermi?» chiede.

«Alice siamo in TV e non in radio... Dài, balla» risponde lui con tono fermo.

Parte *Orobroy* e lei si trasforma. È perfetta, sembra nata per danzare: è energica, vitale, musicale. Certo, il fisico non l'aiuta – è piccina, non arriverà al metro e cinquanta, ha un culo da nera e le gambe corte –, ma quando balla è magica. Tutti i presenti la seguono in silenzio, non la perdono mai con lo sguardo. Finita la coreografia Alice torna di corsa al posto e si infila la tuta in un secondo.

«Che cos'è tutta questa fretta di rivestirti, Alice? Non sei nuda, sei in pantaloncini» le chiede Luca.

«No, niente... così» risponde lei, ma si vede che è scocciata.

«Alice, sono vecchio, ma non scemo. Qual è il problema?»

«Io non ho nessun problema» risponde lei concitata. «Sono gli altri ad avere problemi con me. E comunque non mi piace danzare a gambe nude.»

«Mi spiace che tu abbia questo problema. Lo sai, vero, che in questa scuola capita spesso di esibirsi in pantaloncini? Sia Steve sia la Celentano amano le linee e queste si vedono solo se la gamba è nuda» spiega Luca.

Alice inizia a piangere. Eppure non si tocca mai il viso con le mani, non cerca di bloccare le lacrime, quasi che, così facendo, nessuno si accorga del suo pianto. Poi continua: «La trovo una stronzata questa cosa. Una balla, punto. Balla se è vestita e balla se è nuda. Vorrà dire che, se entrerò nella scuola, sarò la prima ballerina di *Amici* a ballare in jeans».

«No, Alice, tu non puoi cambiare le regole di questa scuola. Se ti verrà chiesto di ballare in pantaloncini, dovrai farlo. Io credo che il problema non l'abbiano gli altri, credo che sia solo tuo» conclude Luca.

«Non è proprio così, se hai passato metà della tua vita a sentirti dire che con le gambe che ti ritrovi non potrai mai fare la ballerina. Pensi che io non lo sappia? Credi che io sia scema? Io mi guardo allo specchio a casa. Io le vedo le mie gambe brutte. Ma chi cazzo l'ha detto che si può ballare solo se si hanno delle gambe chilometriche e un culo inesistente? Prima di ballare con il corpo io ballo con la testa e quando ballo mi sento leggerissima e altissima. Il problema siete voi della televisione che fate vedere solo ballerine magrissime. Una poi si convince che per ballare occorra essere per forza come loro. Lo sai tu da quanto tempo non metto un costume da bagno? O da quanto tempo non vado a prendere il sole in spiaggia? Io sì, io me lo ricordo perfettamente. Così come mi ricordo ogni minuto passato alla finestra a guardare i miei coetanei andare al mare in motorino...»

«Alice, capisco e mi dispiace, però, se per te questo è un problema, qui non hai molte alternative. O decidi di affrontarlo, di fregartene e di far capire tu alla gente che ti guarda che la danza non è solo una questione di fisico oppure devi andartene da questo programma. Attenta, ti dico questo non perché pensi che le ballerine debbano necessariamente avere un fisico mozzafiato, ma solo perché sono preoccupato per te, che tu possa stare male. Io non ti posso assicurare che riuscirai a vincere il pregiudizio della gente. Capisci che cosa tento di dirti, Alice? Io ho il dovere di dirti come stanno le cose. La decisione finale, poi, spetta a te.»

Lei è seduta al suo posto, con quei suoi occhioni neri. Ha uno sguardo di sfida anche se si capisce che è combattuta. Una parte di lei le starà urlando di scappare, l'altra invece di restare e di provarci, almeno, a rompere lo schema.

«Giada a te chi piace, così, a pelle?» cambia argomento Luca.

«Lui» risponde lei, sicura.

Giada indica un ragazzo biondo con un fisico strepitoso e una bella faccia: occhi azzurri e mascella volitiva, sembra scolpito nel ghiaccio, ed è di un'eleganza mostruosa. Si chiama Alessandro e, devo ammetterlo, è proprio bello. Inizia a ballare ed è leggero, regale, assomiglia al principe delle fiabe, ha tutto quello che un ballerino possa desiderare. Mentre lui balla, Alice si alza in piedi, si toglie la tuta e senza staccare gli occhi di dosso ad Alessandro rimane così, a gambe nude, fiera e orgogliosa di mostrare a tutti la sua vulnerabilità.

«Che cosa stai facendo, Alice?» le chiede subito Luca.

«Niente... di' pure al cameraman che, se vuole riprendermi, può farlo.»

8
La proposta

Teatro Parioli. La redazione di *Amici* ha telefonato ad alcuni di noi e ci ha convocato qui. Chissà perché ci hanno fatto venire... Quando stavamo nella scuola, se ci chiamavano in gruppo significava che avevamo fatto una cazzata di troppo e che c'erano guai in vista. Magari qualche albergo si è lamentato perché abbiamo fatto casino nelle stanze, oppure hanno annullato le ultime date del tour e vogliono comunicarcelo. Non so davvero che cosa pensare.

«Stefano» gli ho chiesto stamattina al telefono «hanno chiamato anche te?» «Sì... In un albergo di Rieti ho svuotato un frigo bar e ho rimesso le bottigliette a posto senza però pagarle» mi confida con un tono da pentito di camorra. «E io che cosa dovrei dire?» gli ho risposto. «Ho rubato i poster con la nostra foto in un centro commerciale e imboscato dieci CD del nostro disco. Ho fatto anche una foto hard con Giada in una macchinetta della stazione. Giada poi ha messo su YouTube un mio video mentre mi faccio la doccia.»

Erica entra nella mia stanza: «Quando mi arrivano più di tre messaggi in cinque minuti porta sfiga, già lo so... Se mi cazziano per colpa vostra giuro che stavolta Chicco si becca una bella testata sul mento...».

Arriva anche Giada. Si atteggia a Kate Moss, mutande da uomo e canottiera in stile Calvin Klein e commenta: «Siete proprio degli sfigati, avete paura di tutto. Possibile che ogni volta pensate subito a cose drammatiche? Potrebbero anche volerci vedere per farci una bella sorpresa, no?».

Accidenti, questa Giada piena di ottimismo non la vedevo da un secolo.

Poi mi viene vicino: «Amo', tanto lo so che se ci cazziano è colpa nostra. Sarà per la festa di tre giorni fa. Erano tutti in abito lungo e noi ci siamo presentati coi bermuda, ricordi? Be', certo che non lo ricordi. Dopo il sesto mojito ti sei cappottato su un divano e hai dormito russando di brutto mentre il sindaco di Roma spiegava com'è stata positiva l'iniziativa di *Amici*... Io me ne stavo seduta sul bancone degli stuzzichini e a un certo punto, visto che mi facevano male i piedi, li ho infilati in due mezzi cocomeri freschi. Mezzo cocomero per piede. Che sollievo!».

Di quella festa non mi ricordo quasi nulla. A un certo punto mi sono ritrovato sui sedili posteriori di una macchina, con Giada che cantava *Uno su mille* a squarciagola, la stessa auto che ci porta al Teatro Parioli, il regno di quello che su Dagospia chiamano "Ciccio Baffo". Maria ormai è un'amica, ma lui continua a farmi parecchia paura.

Quando arriviamo nella tana del lupo, vediamo una miriade di auto parcheggiate davanti all'entrata. Sembrano esserci più poliziotti che posteggiatori tutt'intorno. Giada mi cerca la mano e me la stringe. È tornata a essere la mia adorabile cacasotto.

Aspettiamo fuori finché non arrivano Chicco e Luca. Ci salutano di corsa, come capita sempre quando siamo nei guai. «Prego, vi aspettano.»

Entriamo al Parioli. Ci conducono in una sala riunioni immensa dove l'aria condizionata va a mille. Si gela, letteralmente. Nella stanza, oltre a noi, a Chicco e a Luca, vedo facce che non conosco: un signore vestito completamente di nero, molto "teatro impegnato" e zero capelli, e una signora con una messa in piega architettonica. Non vola una mosca. Stefano mi guarda. Che bastardo! Ha iniziato il gioco che facciamo di solito quando ci ritroviamo in situazioni superserie come questa. Lui mi guarda e, muovendo solo le labbra, senza emettere voce, mi dice: «Se sei un uomo, ridigli in faccia!». Vorrei ridere, ma non posso, *non devo*! Mi mordo le labbra, penso alle cose più brutte del mondo, ma non funziona... Non funziona pensare alla morte di tutta la mia famiglia, e nemmeno ripensare alle scene più terribili di *Non aprite quella porta 1-4*. Ritorno con la mente al mio debutto nel tour: io che non ricordo la coreografia... E rido. Rido proprio tanto. Stefano ha le lacrime agli occhi, ma riesce a trattenere le risate. Mi ha battuto. Mi giro verso sinistra e inevitabilmente finisco per ridere in faccia al signore vestito di nero, Mr Teatro Impegnato, e alla signora che gli siede accanto, Miss Onda Perfetta. Anche Stefano ormai si è arreso. Ride a crepapelle. Gli altri ci osservano come si fa con due criceti sulla ruota, come se non avessero capito che stiamo ridendo di loro. Tommaso ci guarda storto, poi rivolge lo sguardo a Mr Teatro Impegnato e Miss Onda Perfetta come a dire: "Scusassero, so' regazzini", mentre sussurra tra i denti: «Ma che c'avranno da ridere...?!».

«Basta ragazzi... entra Maria» conclude Tommaso come se avesse in mano un bastone da maggiordomo.

Maria ci saluta tutti. Ci dà la mano, niente abbracci; poi, rivolgendosi a Tommaso, dice: «Quando avrò bisogno di un ciambellano che annunci il mio ingresso te lo chiederò, d'accordo Tommaso?». Tommaso annuisce, occhi bassi. Dietro di lei arriva Maurizio, o "zio Mauri", come lo chiama Luca. «Che so' 'ste facce da galera?» esordisce lui, mentre Maria inizia a spiegare il perché di questa riunione. Nessuno di noi poteva immaginare quello che ci sta dicendo.

A quanto pare Costanzo ed Enrico Vaime, uno che, per capirci, ha inventato *Canzonissima* e scritto un sacco di musical pazzeschi, hanno deciso di fare un musical su *Amici*. I protagonisti dello spettacolo, ovviamente, saremo noi. Avremo un contratto assicurato per tre anni.

Maria ci guarda in silenzio.

Giada ha un sorriso larghissimo e mi stringe la mano, emozionata. Io dico una cosa tipo: «È bellissimo», giusto perché, scemo come sono, sto ancora pensando allo scampato pericolo, al fatto che non ci saranno cazziate per la mia risata in faccia alla signora laccata e al signore in nero.

Non tutti sono al settimo cielo. Paola, per esempio, non ride. Lei, la cantante più brava che abbia mai sentito – canta come Alicia Keys e ogni volta mi fa venire i brividi – non è felice del musical. Probabilmente vorrebbe lavorare da sola, proprio come Alicia, magari andare a Las Vegas a cantare jazz... Il musical le sta stretto. Dire che se la tira sarebbe poco, ma forse lei può permetterselo.

Anche Beppe non mi pare al settimo cielo. Più lo conosco e meno lo capisco. Balla male – ha smesso di migliorare appena è arrivato al serale – e l'unica cosa che sogna la notte è un Rolex d'oro e una Murciélago da guidare col gomito fuori per le strade di Aci Trezza, la città di suo padre. Non ha nessuna voglia di affaticarsi, di guadagnarsi da vivere, quasi avesse diritto a essere famoso solo perché esiste...

Tommaso si alza dal suo posto e, dopo aver provato senza riuscirci a baciare la mano di Maria e quella di Costanzo, proclama: «Il talento vince sempre e dirvi grazie sarebbe sbagliato. Devo ringraziare solo lui... il mio talento...». E baciandosi la maglietta conclude: «Grazie ancora. Chiaramente sono pronto fin d'ora a fare il protagonista, anzi, per citare il famoso regista Orazio Balla, il "mattatore"».

Costanzo si illumina: «Tu conosci Orazio Balla?».

Tommaso, molla una pacca sulla spalla a Costanzo – che non gradisce – dicendogli: «Sono stato a bottega da lui... Tutto quello che so, lo devo a Balla».

«Io non ti ho mai visto, ragazzo!» interviene Mr Teatro Impegnato. «Non ti ho mai visto, ma adoro i leccaculo. Sarò il regista del vostro musical. E, tra parentesi, sono il *famoso* regista Orazio Balla.»

Cazzo, che figura...

«E prima che Tommaso annunci di aver avuto una relazione con lei, vorrei presentarvi Rebecca Bontempi, la produttrice del musical, la persona con la quale parlerete di soldi e quant'altro...» interviene Maurizio.

Ottimo. Ho riso in faccia a tutti e due. Un altro anno in salita, suppongo.

«Mattia, tu dovrai studiare canto anche di notte e tu, Giada, dovrai cantare meglio di lui.»

Giada e io ci guardiamo, siamo abbastanza negati a cantare e in questo spettacolo, essendo un musical, si dovrà cantare molto.

«I protagonisti saranno Giada e Mattia.»

Tommaso affonda. Io mi affloscio. Giada è contenta.

Accidenti. Dovremo fare i fidanzatini, ecco dove sta la fregatura... Da quando è iniziata la nostra storia sto combattendo per non svendere il nostro amore, e lo avevano già comprato e venduto senza dirmi niente.

«Mattia» interviene a questo punto Maria, «se ti scoccia, possiamo anche ripensare le parti. Ti conosco bene e so quanto sei riservato riguardo ai tuoi sentimenti. Ricordati che nel musical ci sarà un personaggio che si chiama X che si innamora di un personaggio Y. Tu e Giada c'entrate ma solo come riferimento. Tu mi dirai che il risultato non cambia. Vorrei però che ci ragionassi sopra. Non devi decidere niente adesso. So che forse potrà sembrarti una minaccia, ma, se non te la senti, certo troveremo qualcuno che lo faccia al posto tuo. Prima di tutto ci sei tu, c'è la tua vita, capito?»

«Certo» irrompe Tommaso «se c'è da dare una mano a un amico, contate pure su di me.»

Mentre ragiono su quanto mi ha detto Maria, guardo gli altri. Poi il regista e la produttrice: mi sembra quasi di poter leggere nei loro sguardi. Quei due ci giudicano male, probabilmente pensano di avere a che fare con dei bambocci incapaci.

Finita la riunione, usciamo dal teatro. Capisco che Giada ha paura di incontrare i miei occhi. Lei vorrebbe scusarsi per aver gioito come una scema mentre io vorrei dirle che sono stato uno stupido a reagire in quel modo. Ci guardiamo.

«Scusa» diciamo entrambi nello stesso istante.

Io le metto un dito sulle labbra. «Faccio tutto quello che vuoi, l'importante è starti vicino.»

Lei fa due passi indietro e grida: «Angelo!».

Mi metto in posizione, la aspetto. Lei corre verso di me e in un attimo la sollevo. È sopra la mia testa, sembra davvero che voli come un angelo...

Ci passa accanto una signora che ci sorride.

Passa Tommaso e commenta acido: «Le mani più unite, mettile più in basso altrimenti...». Vorrei prenderlo a schiaffi, ma Giada cadrebbe.

Arriva Stefano: «Tu e Giada sarete una coppia, indovina un po' io?».

«Omo?»

«Sì.»

Ecco fatto, la nostra storia diventerà un musical.

9
"È questo il mio sogno?"

Esaurito l'entusiasmo iniziale, Giada crolla.

«Ma non capisci? Dobbiamo cantare. Perdipiù non ho neanche un bel pezzo da recitare. Come faccio a salvarmi? Diranno che sono negata... Tutte quelle canzoni... nemmeno Paola potrebbe cantarle senza sembrare fuori parte. Io non voglio, e poi non sono capace di fare niente. Ho paura, già so che d'ora in poi non riuscirò più a dormire la notte. Ti immagini la sera della prima: tutta quella gente che viene a farti falsi complimenti, del tipo: "Carina, sei stata carina, davvero... credimi!". Non voglio che capiti una cosa del genere. Domani li chiamo e dico che non lo farò!»

Vorrei tranquillizzarla ma so benissimo che ogni volta che la contraddico, quando lei ha già deciso di buttarsi giù, peggioro soltanto la situazione. Perciò me ne sto zitto. In fondo ha ragione. O questi sono matti oppure hanno un'opinione troppo alta di noi. Come faremo a ballare, cantare e raccontare una storia, noi che non lo abbiamo mai fatto, noi che a teatro non siamo mai entrati nemmeno per fare le pulizie? Noi che più in là di quel minuto e mezzo sul palco di *Amici* non abbiamo mai recitato o ballato davanti al pubblico?

Paola ha il broncio. È chiaro che avrebbe voluto avere la parte di Giada. Però sta zitta. Giada ha ragione, lei canterebbe quei pezzi sicuramente molto meglio, solo che non ha presenza scenica. Paola vuole solo cantare, vuole diventare una solista. Continuo a pensare che in fondo non voglia farlo, il musical. Sarà duro per lei partecipare a un progetto in cui non è la primadonna. Ma non è capace di raccontare e soprattutto non le importa nemmeno. Fine. Giada, no, qualsiasi cosa faccia sul palco è come se ci grattuggiasse sopra l'anima: ogni canzone passa attraverso le sue emozioni e diventa una cosa dolce e ruvida insieme; allo stesso modo, mentre recita, alle parole resta attaccata una briciola di lei. Quando la vedo sul palco mi sembra di guadagnare, di imparare qualcosa in più sulla vita.

Guardo Erica e capisco subito che cosa le frulla per la testa. Anche stavolta dovrà fare i conti con il suo collo del piede. Nel musical interpreterà una ballerina che non ha grandi doti fisiche, ma che vuole a tutti i costi danzare.

Dài, diciamolo, in fondo tutti abbiamo la stessa perplessità: sulla scena non ci saranno solo dei personaggi, ma dei bei pezzi della nostra vita, vita vera, ed è difficile metterla in mostra anche solo per un istante, figurati ogni sera, a comando...

Non riesco a essere al settimo cielo per questa proposta. Sembrerò stupido, un ingrato forse, ma non posso farci niente. Non riesco a essere davvero felice. Non come gli altri, certo non come Tommaso. Fosse per lui il cast del musical si ridurrebbe a un solo attore, lui, e il bello è che la cosa non lo spaventerebbe per nulla. Ma io non sono Tommaso. I motivi del mio scarso entusiasmo? Prima di tutto, ho sempre odiato i musical, fin da quando ero piccolo. Ricordo che ogni volta che ne vedevo uno, mi sembrava che in scena fossero tutti matti: c'erano persone che parlavano come negli spettacoli teatrali "normali" e poi, di colpo, come se qualcuno avesse pronunciato una parola d'ordine, tutti prendevano a saltare sui tavoli, e a cantare. Nei musical peggiori, le canzoni rimanevano nella versione originale perciò il personaggio che fino a un istante prima aveva parlato in italiano, all'improvviso, mentre ballava, iniziava a cantare in inglese... con il risultato che tu, spettatore, non capivi più nulla. Puntualmente, in questi momenti, mi alzavo dal mio posto e andavo a fare pipì. Per fortuna, al mio ritorno, i personaggi avevano ripreso a recitare in italiano. E ora, scherzo del destino, mi ritrovo protagonista di uno spettacolo dove sarò io quello che balla, spacca la legna e fa la lotta con i rozzi fratelli in attesa di trovare la donna giusta per sé.

Volevo questo? Lo voglio davvero?

Quando vengo assalito da questo genere di dubbi faccio sempre una specie di gioco. Mi sdraio sul letto e immagino che manchi un minuto alla mia morte. Mi ci impegno proprio: visualizzo una specie di corridoio di luce, quello di cui parlano le persone che sono state vicinissime alla morte ma poi si sono salvate e sono "ritornate". Mentre procedo lungo il corridoio, provo a fare un elenco delle cose belle per le quali è valsa la pena di aver vissuto, e, soprattutto, che mi mancheranno quando sarà finito tutto. In ordine sparso, per farvi capire meglio, se dovessi morire tra qualche istante, questa sarebbe la mia lista:

la prima sorsata di birra quando hai sete;
il sorriso di mia madre;
il momento in cui ho scoperto di aver passato la maturità;
la sensazione di piacere caldo che provi la prima volta che fai l'amore dopo la prima volta che hai fatto l'amore, insomma la seconda volta che lo fai;
Giada;
la vittoria ad *Amici*;
tornare a casa da pseudostar...

Del musical non v'è traccia né mi sento di aggiungerlo alla lista. Potrei morire tranquillamente senza averne fatto uno? Sembra proprio di sì. Dopo tutto, non sapendo ancora com'è partecipare a uno spettacolo del genere, non posso metterlo tra le cose da rimpiangere. E poi... c'è quel regista. Sì, insomma, qualcosa in lui non mi convince. Avrà anche fatto la storia del teatro ma giurerei che noi non gli interessiamo per niente. Ci tratta come se fossimo dei numeri. Be', mi sto incasinando da solo.

Per fortuna al mio fianco c'è Giada. Ora se ne sta sdraiata sul letto con me, le gambe appoggiate al muro. Se le guarda come per controllare qualcosa. Tende un muscolo poi un altro... Lei è fatta così, per ragionare sulle faccende importanti, deve fare cose non impegnative, che la distraggano. Poi, dopo un po' di tempo, torna "tra i vivi" con la soluzione del problema.

«Amo'?!»

La guardo.

«Tu lo hai accettato per me il musical?»

Ecco una cosa alla quale non avevo pensato. Per chi lo faccio?

«Lo farò perché è la prima volta che qualcuno crede tanto in me da offrirmi un lavoro. Lo voglio fare con te perché ti amo e perché stare dall'altra parte del sipario è un sogno che si realizza. Magari scoprirò di essere negato per il musical. Oppure di essere un genio. E poi... lo faccio per me. Tu, invece, perché?»

Lei mi guarda con quei suoi occhi teneri e fragili che mi hanno fatto perdere la testa e pensare che con lei potrei vivere tutta la vita.

«Io lo faccio perché voglio sentire contorcersi le budella prima di andare in scena e poi distendersi agli applausi finali; perché voglio rischiare di dimenticarmi tutto e provare il sollievo di ricordare al momento giusto quello che devo fare; perché ogni cosa che fai tu ha un senso per me.»

Adesso in un eventuale elenco delle cose da fare prima di morire potrebbe esserci un posticino anche per il musical... In quelle da fare prima di dormire, invece, c'è da dare un bacio lungo, ma lungo lungo a Giada. Di quelli che ti fanno andare talmente alle stelle che il tempo te lo dimentichi. In questi baci, di solito, succede che, senza neanche che te ne accorga, ti ritrovi a pronunciare alcune parole. Due in particolare. La prima è "ti", la seconda è "amo".

10
"... un ragazzetto di belle speranze"

«Dimmi un buon motivo per cui dovrei darti la parte...»

Siamo in un ufficio del Teatro Parioli. Il regista è entrato zoppicando – noto solo ora che ha un problema alla gamba –, appoggiandosi a un bastone sul cui pomello, forse d'avorio, è inciso il muso di una scimmia che fa uno strano ghigno. Vuole parlare con tutti noi del cast, uno alla volta.

«Dunque, spiegami perché dovrei dare a te la parte...»

Mentre me lo chiede, io vado con il pensiero al bacio di stanotte. Poi rispondo come mi viene: «Direi che è già stato deciso che la parte è mia. Così, almeno mi hanno detto...».

Lui sembra contrariato, perciò ne butto là un'altra: «Ma in effetti, qui chi comanda è lei, perciò è lei che deve decidere se è il caso di darmela».

Si sta sciogliendo. Visto che sono pure arrivato in ritardo all'appuntamento con lui, voglio fargli capire che rispetto il suo ruolo.

«Ma tu sei un protagonista?»

Come si fa a trovare una risposta educata a domande del genere, che sembrano studiate apposta per farti mandare a quel paese chi te le ha poste? Vorrei tanto chiedergli: "Ma tu sei un regista?" e invece ingoio il boccone e cerco di rispondere con calma.

«Io posso essere il protagonista perché non so fare altro.

Lo so che rischio di sembrarle poco umile ma è quello che sento. Mi piace da morire essere protagonista...»

Lui si alza ed esce dalla stanza, mollandomi là da solo.

Quanto lo odio. Sta giocando a fare il Michael Douglas de noantri con me...

Torna con un caffè in mano. Ovviamente non gli passa neanche per l'anticamera del cervello di offrirmelo.

«Il protagonista del musical all'inizio è un ragazzetto di belle speranze, ma alla fine della storia sarà un uomo. In questo siete molto simili. Se seguirai ogni mia più piccola indicazione, forse diventerai un uomo, altrimenti resterai quello che sei, un...»

«... un ragazzetto di belle speranze, giusto?»

Mi guarda.

Già mi detesta, lo so. Del resto le persone noiose si incazzano da matti quando li anticipi concludendo tu le loro prevedibilissime frasi.

«Certo le parole non ti mancano. Vedremo se ti verranno anche là sopra, sul palco...»

«Lei ha mai visto *Amici*?» gli chiedo senza pensarci. «Ci terrei a saperlo, perché non sono certo un artista d'esperienza, ma qualcosina l'ho fatta...»

«Certo, una cosina l'hai fatta. Una cosina sì...»

«Allora, lo ha visto *Amici* qualche volta, o no?» lo interrompo io.

«No, mai. A casa mia non ho la televisione. E poi, io certe cose non le guardo...»

«Ha ragione» gli dico con una calma che sorprende me per primo. «Ho fatto proprio una cosina. Ma io ci credo a quella cosina. *Amici* è stata un'esperienza che mi ha dato molto, anche se non sempre è stata esaltante. Una cosina, appunto. Resta il fatto che non mi sono mai sentito così vivo come dentro alla scuola. Credo che dovrebbe darmi la parte perché io sono tremendamente vivo, mentre il teatro che lei rappresenta mi sembra tremendamente morto. Forse assorbendo tutta la vita che c'è in noi ragazzi, riuscirà a fare il miracolo, tirandolo fuori dalla bara in cui lo avete ficcato, il teatro, voi artisti seri con il maglione nero e le facce tristi.»

Ecco fatto.

Ero partito bene, ma non ho potuto evitare di lasciarmi andare.

Lui si alza. Io attendo solo il momento in cui uscirà dalla stanza sbattendo la porta. Invece mi porge la mano.

«La parte è tua, Tommaso... cioè Mattia. Tommaso è l'altro, vero? Finalmente ho avuto la reazione, la fiammata che volevo. Grazie per essere venuto. Ci vediamo più tardi per la lettura del copione.»

È andata. Dovrei essere contento, lo so, eppure ho una brutta sensazione...

Piano piano arriva tutto il cast del musical. Ci siamo noi, i ragazzi di *Amici*, e poi loro, gli adulti, attori sulla cinquantina che interpretano i professori e i genitori. Hanno tutti una carriera alle spalle e, a quanto pare, sono parecchio conosciuti nell'ambiente. Ci guardano come se fossimo delle bestioline. Non ci salutano nemmeno. Restano seduti al loro posto e scambiano battute noiose con il regista: «... quello dopo Squarzina non ne ha azzeccata una...», «... dopo tre Ibsen e un Čechov avevo bisogno di un po' di teatro leggero, ma questa mi sa che è proprio *vaudeville*». Parlano fra loro e perdipiù non capisco nulla di quello che dicono. Mio padre dice sempre che chi ti ignora e fa il superiore è solo un maleducato. Forse ha ragione.

11

Il passaggio di staffetta

Ci hanno convocato a Cinecittà per sabato alle undici.

Nello speciale di *Amici* di oggi, avverrà quello che chiamano "passaggio di staffetta". In poche parole noi dovremo cedere il nostro banco a un nuovo ragazzo.

Mi sveglio con la luna storta. La situazione non cambia nemmeno dopo aver fatto una doccia di venti minuti, seduto a terra e con il getto dell'acqua bollente puntato addosso, né quando Giada mi dà il bacio del buongiorno, né dopo la ricca colazione che ha ordinato per noi in stanza.

Non so come vestirmi. Dipendesse da me andrei nudo, entrerei in quell'arena come mamma mi ha fatto, ma so che anche questo gesto da *striker* non porterebbe dove voglio: le cose non cambierebbero, resterei solo e comunque il vincitore della scorsa edizione. È questo che mi brucia di più: stamattina mi sono svegliato e non ero più Mattia il ballerino di *Amici*, ero già un ex.

Mi ricordo ancora il giorno in cui mia madre ha compiuto trent'anni. Allora io ne avevo solo cinque, però le parole che mi disse in quell'occasione mi sono rimaste in mente: «Mattia, tu che ne sai di cosa significa compiere trent'anni? Sei così piccolo e indifeso. Non puoi sapere che casino è andare a dormire che hai ventinove anni e svegliarti dopo poche ore che ne hai già trenta. Insomma, apparentemente sembra non cambiare nulla, tu sei esattamente quella della notte precedente, però in realtà cambia tutto. Per gli altri non sei più una ragazzina, ma una donna di trent'anni».

È così anche per me, ora. Ieri ero il vincitore di *Amici*, oggi sento ancora di esserlo, ma per gli altri sono solo un ex. Ed è questo quello che conta, alla fine.

Prendo una sigaretta di Giada, anche se di norma non fumo mai. Il fumo mi fa schifo perché ti lascia quell'amaro in bocca che nemmeno una sconfitta ti può dare. Secondo me chi fuma vuole solo provare la sensazione di perdere. Ne accendo una quando sono storto, giusto per fare volontariamente qualcosa che mi fa male: mettere in bocca la sigaretta, provare subito quella sensazione strana, ruvida che ti dà il filtro non appena lo appoggi alle labbra, tirare una boccata e sentire che quello che ti stai buttando dentro ai polmoni è un gas grigio che, quasi solido, li va a riempire lentamente sporcandoli. Al terzo tiro la testa mi diventa più leggera, poi attacca la tosse che, come carta vetrata, mi raspa la gola. Arrivato a questo punto, solitamente, smetto.

«Che c'è amo'?»

«Nulla... perché?»

«Stai a fuma' de nascosto. Me pari un regazzino.»

«Dobbiamo proprio andarci?»

«Ma che, scherzi?»

«Perché? Se non andassimo che succederebbe?»

«Vieni qui un attimo. Siediti sul letto. Forse è meglio che ne parliamo.»

Detesto quando Giada fa la mamma con me. Però alla fine, non so perché, le do sempre retta. Mi siedo accanto a lei sul letto e le racconto che non me ne frega niente di andare a fare l'ex. Che sono geloso di quei ragazzi, perché Maria farà loro delle domande e li coprirà di attenzioni. Non sopporto l'idea che Luca, Chicco, Steve e gli altri mi parlino di quanto sono forti quelli di quest'anno. Sono geloso del fatto che la *nostra* scuola, una volta finito lo speciale, sarà loro e non più nostra. Ecco, che cosa c'è.

Usciamo, saliamo su un taxi, destinazione Cinecittà. Ci parcheggiano in palestra, dove nel frattempo sono arrivati anche tutti gli altri compagni d'avventura. Di lì a poco entra Steve che, dopo averci salutati, ci fa rivedere le posizioni della sigla. Le ragazze chiedono come devono vestirsi, se possono tenere i loro abiti o se devono mettersi i pigiamini azzurri. Alcune di loro in vista del passaggio televisivo hanno fatto spese folli: è tutto un trionfo di marchi, scritte gigantesche che però non passano al vaglio di Anahi, la costumista, che in questo è intransigente: «Allora ragazzi quante volte ve l'ho ripetuto l'anno scorso? Nessuna marca a vista altrimenti sono costretta a coprirla con lo scotch alto e nero e i vostri vestiti sembreranno mutilati». Le ragazze si lamentano, hanno speso troppi soldi perché ai loro abiti venga nascosta la marca. Anahi cerca di accontentare tutti poi, quando le pressioni diventano insostenibili, sbotta: «Bene, sapete che vi dico? Jeans e pigiama azzurro per tutti. Mi sono rotta! Insomma, ragazzi, non possiamo diventare matti per cercare di accontentarvi».

Ci dicono che non possiamo uscire dalla palestra, perciò ci portano dei panini per farci mangiare qualcosa. Mi sembra di essere tornato ai tempi della scuola, ma so bene che questa nostra reclusione serve solo a non farci vedere dai nuovi. Tutto ormai è in funzione della nuova edizione. Noi abbiamo già dato.

Ci siamo tutti, o meglio, tutti quelli passati al serale, manca solo Paola perché il suo agente le ha sconsigliato di continuare ad associare la sua immagine ad *Amici*. Lei, però, non mi sembra molto convinta visto che ha già chiamato quattro volte Giada per chiederle come stanno andando le cose qui.

Vengono a salutarci anche Chicco e Luca. Sembrano un

po' freddi, distaccati, via con la testa. Nei pochi minuti che passano con noi ci spiegano che cosa dobbiamo fare: ballare e cantare la sigla, sederci ai nostri vecchi banchi in attesa che i nuovi allievi ce li portino via. Poi, pochi minuti prima di andare in onda, entra Maria. Lei è sempre la stessa: tranquilla, normale. Ci chiede come stiamo, cosa stiamo combinando. Quando poi si accorge delle tette miracolose di Vanessa, la prende in giro dicendo che è tutta matta.

Piero, l'assistente di studio, ci viene a chiamare: fra quattro minuti inizia la diretta.

Siamo dietro le quinte. Fra poco, faremo il nostro ultimo ingresso come "ragazzi di *Amici*". Guardo i miei compagni a uno a uno. Che strano, tutto a un tratto mi sembrano più grandi, meno freschi. Fino a qualche mese fa eravamo accomunati dalla stessa divisa, il pigiamino di *Amici* che sì, insomma, ci univa, ci faceva sentire nel branco. Ora invece siamo tutti diversi, lontani.

Mi rendo conto che pochi di loro sono amici veri – tre, quattro persone al massimo –, gli altri sono stati solo compagni di viaggio.

«I ragazzi di *Amici.*»

Ecco, Maria ci annuncia per l'ultima volta.

Parte la sigla, Giada e io usciamo per ultimi.

Il pubblico è in delirio: la gente urla, batte i piedi e il tutto si impasta con le nostre voci e la sigla.

È il nostro turno.

Entriamo tenendoci per mano, poi due piroette e la preparazione per la presa ad angelo. Giada è sopra di me, giro e il pubblico gira con noi. Improvvisamente sento le gambe dure, la salivazione a zero, vedo gli occhi di Giada che da lassù mi guardano spaventati.

Qualcosa mi calamita al pavimento.

Pochi secondi dopo, buio, nero.

Sono a terra, sopra di me Maria: «Mattia tutto bene?».

Realizzo in quei pochi secondi che sono svenuto, che

qualcosa in me ha fatto corto circuito. Sollevo la testa: il pubblico è in piedi, Giada è in ginocchio accanto a Maria e mi tiene una mano.

«Scusate, che figuraccia Maria, la mia ultima sigla. Guarda che cosa ho combinato.»

«Ma va' là, sciocco» dice Maria sorridendomi e stropicciandomi i capelli. «Sicuro di stare bene? Vuoi andare di là? Non farti problemi se è così, capito?»

«No... no, grazie, non so che cosa mi è preso. Tranquilla tutto bene.»

Mi rialzo.

So che cosa mi è preso.

La mia è rabbia mista a tensione.

Questa era la mia ultima sigla. L'ultimo giorno come vincitore di *Amici*.

«Sicuro? Ok, allora continuiamo. Andate al posto, tu Mattia siediti qui vicino a me. Bene, quest'anno si sono presentati più di quindicimila ragazzi. Hanno dovuto passare numerosi provini e ora sono rimasti in poco più di cento. I ragazzi di *Amici* della nuova edizione.»

Sul jingle della sigla entrano in un centinaio, fanno una corsetta cretina e poi si mettono a sedere ai lati dello studio.

Nooooooo!!!

Tra di loro, come una visione – avete presente quando nella sigla di *Baywatch* Pamela Anderson correva al rallentatore? –, vedo correre al suo posto anche Roberta, la tipa con cui l'anno scorso ho tradito Giada. Entra in studio con gli occhi puntati dritto su di me. Se ne accorge anche Maria perché mi chiede subito se la conosco. Io mento.

È ancora più bella dell'ultima volta che l'ho vista, la sera della finale. Si è schiarita un po' i capelli, ha perso qualche chilo e ha un culo fantastico. Si siede a terra in mezzo agli altri, ma per me è come se ci fosse un occhio di bue puntato solo su di lei.

«Alessandro, categoria ballerini» annuncia Chicco.

È il tipo bello, il principe azzurro che avevo visto al provino: se si fanno scappare uno con una faccia così sono dei matti.

«Sei stato ammesso» dice Chicco.

Balla, fa il suo assolo di presentazione.

Roberta non mi toglie gli occhi di dosso.

Guardo Giada. Non si è accorta di nulla, è seduta allo stesso banco di Stefano e starà sicuramente commentando il gran fisico di questo Alessandro.

La Celentano sorride, questo l'avrà scelto lei. Infatti alla fine del suo assolo dice che è l'unico di tutti quelli che si sono presentati ai provini ad avvicinarsi un minimo a quello che lei intende per ballerino.

«Vorrei il banco di Mattia, ma visto che è qui, prendo quello di Tommaso» dice il primo ballerino ammesso.

«Ah, a proposito di Mattia, Maria me lo fai venire qui?» dice Giada.

È inutile. Le donne hanno un sesto senso.

«Accidenti, Giada, siamo a questi livelli, nemmeno quindici minuti da sola riesci a stare?»

Stefano si sposta in un altro banco e io vado a sedermi di fianco a Giada.

Non riesco a seguire il programma, lo sguardo di Roberta mi sta troppo addosso.

Sono state prese anche due cantanti: Elisa, una biondina piccola che assomiglia a Christina Aguilera, e Verdiana, una con una parlata milanesissima. Stanno litigando tra di loro, dicono che non si sopportano sin dai provini. Elisa sostiene che il motivo di questa antipatia è che Verdiana la teme. Quest'ultima ribatte che non può temere una che non stima e che, perdipiù, ha una voce e un timbro semplicemente insopportabili. Quest'anno sono partiti in quarta: già alla prima puntata si scannano.

«Dany, ballerina» dice Chicco riprendendo in mano le redini del programma.

È la ragazza con i capelli bicolori dei provini, la Britney Spears napoletana.

«Sei stata ammessa.»

Dany piange, salta, le cola il rimmel sulle guance.

«Che c'è?» le chiede Maria.

«C'è che ce l'ho fatta, tutti mi dicevano che non ci sarei riuscita... Ecco che cosa c'è.»

Balla la stessa coreografia che ho visto ai provini.

«Amo', questa spacca, vedrai» mi sussurra all'orecchio Giada.

Dopo la sua esibizione, Chicco spiega a Dany che i professori sono stati a lungo indecisi sulla sua ammissione. Che lei è nella scuola solo perché fortemente voluta da Garrison.

A questo punto, interpellata da Maria, la Celentano prende il microfono e attacca la sua lagna. Dice che, a parer suo, Dany non ha i requisiti della ballerina, ha le gambe troppo tozze, le ginocchia brutte ed è troppo pesante.

Il pubblico non approva.

Maria ribatte che a lei non sembra, che la trova una bellissima ragazza. La Celentano rincara la dose, sostenendo che su questo non discute, ma che è come se una bella ragazza bassa e tozza volesse fare la modella: non può. Semmai potrà fare la fotomodella, ma mai sfilare in passerella.

Dany non batte ciglio, stringe solo un po' gli occhi in direzione della Celentano.

«Che banco vuoi?» le chiede Maria.

«Mi sembra di capire che ci accomuna lo stesso destino, quindi voglio quello di Erica, lei il piede, io le cosce.»

Il pubblico applaude.

La Celentano ha puntato un'altra vittima.

Dany, mi sbaglierò, si è già guadagnata il serale.

«Roberta, ballerina.»

Fa' che non la prendano.

Roberta si alza dal suo posto. Non fa una semplice camminata, ma una vera e propria sfilata per arrivare al microfono. Sa di essere bella e di avere un fisico che in questo momento tutti i maschietti stanno apprezzando.

Fa' che non la prendano.

«Aspetta Chicco, un attimo» interviene Maria. «Roberta, mi spieghi perché è tutta la puntata che fissi Mattia?»

Cazzo no, fa' che stia zitta, fa' che non dica nulla.

«Io? Be', è quello che ha vinto l'anno scorso. Lo fissavo per quello, per capire come ci si sente a... a essere il vincitore di *Amici*» risponde lei, un po' da finta oca.

«Ah, solo per quello» ironizza Maria, «anche perché lo sai, vero, che Mattia sta con Giada?»

Maria sta giocando con il fuoco pur essendo ignara di cosa sia successo tra me e Roberta.

«Ma certo» risponde lei pronta. «Sono così carini.»

Si volta e sorride a tutti e due.

«Chicco» dice Maria.

Fa' che non la prendano.

«Roberta, sei stata ammessa.»

Il mio cuore sta pompando come un dannato, la fronte è imperlata di sudore.

Ho bisogno di uscire, di sgranchirmi le gambe, di fumare una sigaretta.

L'arrivo dello stacco pubblicitario è provvidenziale.

Senza nemmeno aspettare che Maria esca dallo studio, mi fiondo dietro le quinte e corro in bagno.

Sono nel gabinetto, in piedi, che guardo la tazza.

Mi dico che devo tranquillizzarmi, che non c'è motivo di agitarsi tanto, che nessuno sa chi è Roberta.

E poi, perché mai lei dovrebbe parlare, dire qualcosa? Insomma, non siamo mica al *Grande Fratello.*

Sto facendomi un sacco di seghe mentali quando improvvisamente capisco perché sto reagendo così. Roberta mi piace ancora, o meglio, la trovo ancora terribilmente sexy e questa cosa è pericolosa.

Esco dal bagno, mi lavo la faccia e torno dietro le quinte, là ci sono Maria e Luca che fumano una sigaretta. Passo accanto a loro e Luca mi blocca: «Che c'è Mattia?».

«Niente, perché?» rispondo io irrigidendomi.

«Be', prima sei svenuto e ora... ti sei lavato la faccia, vero? Non stai bene?»

«No, no, tutto a posto, avevo solo caldo...» mento io.

Piero ci avvisa che tra un minuto siamo di nuovo in onda.

Sto rientrando, ma mi sento un verme a mentire a Luca. Lui ha capito benissimo che c'è qualcosa che non va. Lo sto ingannando e non se lo merita. Non mi va di prenderlo per il culo.

«Luca, solo un secondo, hai ragione, non sto bene. O meglio, c'è una cosa che non mi fa stare tranquillo...»

«Cioè?»

«Roberta, la ballerina che è appena stata presa... è quella con cui ho tradito Giada.»

L'ho detto.

Mi sono liberato e, sembrerà assurdo, sto già meglio.

«Lo sa Giada? Nel senso, l'ha mai vista?»

«No, no, non l'ha mai vista nessuno» rispondo io.

«Be', allora che problema c'è? Il passato è passato, gli errori li abbiamo fatti tutti, no? O c'è dell'altro?»

Luca ha già capito tutto, ma non c'è tempo per parlarne ora, il programma sta per riprendere.

Roberta è al centro dello studio, parte la musica. Lei fa il suo assolo. Per tutta la coreografia, quando si gira verso i banchi mi punta gli occhi addosso.

«Amo', perché quella ti fissa in continuazione? Se non la pianta le blocco la crescita» mi dice Giada.

«Bene, che banco vuoi?» le chiede Maria.

«Quello di Giada» dice Roberta, puntando il dito verso di lei.

Avanza verso di noi.

«Maria, nooooo, per piacere, io questo banco non lo voglio lasciare» protesta Giada sorridendo.

«Vabbe', non c'è problema, per il momento posso anche sedermi in braccio a Mattia» dice Roberta.

Non aspetta nemmeno la risposta e si fionda subito su di me. L'imbarazzo è palpabile per tutti, a me sudano le mani, e provo un fastidio pazzesco alle cosce, vorrei che si trasformassero in una catapulta per poter lanciare Roberta dall'altra parte dello studio.

«Be', Roberta, sei coraggiosa... direi» commenta Maria.

«Pratica, piuttosto. Se voglio una cosa, io me la prendo... chiaramente sto parlando del banco.»

12

La scelta di Mattia

Sono un po' di giorni che proviamo il musical, ma non è cambiato nulla. Continuo a non sentirmi a mio agio in mezzo a questa cosa. E credo di non essere l'unico. Vanessa crolla tutti i santi giorni: alla mattina annuncia che dirà al regista che intende lasciare lo spettacolo, ma ogni sera, a fine prove, se ne va a casa pimpante. Giada ha paura e non capisco di cosa. Canta già più che bene. Ha persino trovato una chiave segreta per entrare in sintonia con il regista. Sarà che è appassionata di teatro e devota a questo mestiere. Insomma, lei è l'unica che sembra dare soddisfazione a quell'uomo. Io... io sembro un cretino, uno di quelli a cui il suggerimento devi ripeterlo mille volte prima che riesca a raccoglierlo.

Nel musical c'è un punto in cui devo parlare di me. Non so chi lo abbia scritto, ma chi l'ha fatto sembra conoscermi. Insomma, in quella parte dello spettacolo, recito questo monologo:

> C'era una canzone che mi piaceva tanto. Il titolo era *Time Is on My Side*, vuol dire "il tempo è dalla mia parte". L'hanno scritta i Rolling Stones, tizi che oggi hanno sessant'anni e annullano i concerti per colpa della sciatica, però forti. Io lo sento il tempo dalla mia parte: è una specie di onda che devo solo se-

guire. Lei mi porta con sé e io non ho più paura della vita che mi corre incontro. Il bello di avere il tempo dalla tua parte è che puoi sbagliare ancora tutto, puoi ancora perdere i treni che il destino ti fa passare davanti. La cosa brutta è che forse mi piace troppo che il tempo sia dalla mia parte, mi piace talmente tanto che a volte mi rifiuto di sbocciare, di diventare concreto. Vedo i treni passare e sfumare le occasioni. Vedo me stesso che, fermo, li osservo allontanarsi mentre mi ripeto che "il tempo è dalla mia parte". E sai che c'è? Io ci godo. Chi ha detto che "ogni lasciata è persa"? Questa è una cazzata bella e buona: ogni lasciata è un lusso. Anzi, penso che il meglio della vita siano proprio le occasioni perse, le donne non amate e i soldi non guadagnati. Mi capite vero? Ho tutto il tempo del mondo per ragionare da impiegato. Adesso voglio sprecare, rischiare tutto, magari fare anche sforzi inutili. È così brutto? No. Ve lo dico io, non è brutto. Questo, per me, significa veramente *Time Is on My Side*. E adesso, se non vi dispiace, vado a perdere un'altra occasione.

Questo monologo è l'unica cosa nel musical che mi viene bene. Forse perché mi riconosco in quello che dico. Talmente tanto che dopo averlo recitato nel teatro vuoto, con Giada che mi guarda da dietro le quinte, sento che il vero finale sarebbe prendere e uscire dal teatro, mollando tutto e tutti. Anche se gli altri pensano che è solo una follia.

I miei compagni stanno diventando bravi. Ci sono momenti nello spettacolo in cui tutto funziona a meraviglia, le battute si incastrano l'una nell'altra e le musiche partono al momento giusto. Altri giorni, invece, sembriamo dei bambini alla recita di fine anno. Tutto sembra falso, povero. E in quei momenti mi assale una paura pazzesca che la gente ci fischi e se ne vada incazzata con l'idea di aver buttato via i propri soldi. Credo che lo spettacolo sarà pronto quando smetterà di sembrare "finto" come la recita delle medie. Spero che ce ne sarà il tempo...

Ieri ho fatto due chiacchiere con il regista. Avevo bisogno di parlargli delle mie menate. Così mi sono ritrovato al bar fuori dal teatro, seduto a un tavolo con Orazio Balla in persona a bere un bicchiere di vino rosso.

«E allora, giovane attore, come andiamo?»

«C'è che mi sento falso in quello che sto facendo ora. E soprattutto lontano da quella che vorrei fosse la mia vita.»

«Benvenuto nel club di chi, come me, aveva sognato la rivoluzione e ha finito per essere inserito nello stesso sistema che combatteva, che amava il teatro per tutto quello che il teatro non è più. Sai che gli attori in Grecia erano chiamati *hypokrites*? Sai che cosa significa?»

La Mari ce l'avrà ripetuto almeno un migliaio di volte.

«Certo, che la faccia è una cosa, quello che hai dentro è un'altra cosa. Insomma, per recitare devi saper essere sempre il personaggio che stai interpretando, a prescindere da quello che ti succede nella vita... Ma farlo sempre, essere "ipocriti" tutta la vita, non la stanca?»

Il regista beve una sorsata più lunga dal bicchiere. E aspetta un istante prima di rispondermi.

«Questa è la vita che ho scelto di fare. Quanto a te, Mattia, ricordati che questo musical è il *tuo* treno, se desideri una carriera nel mondo dello spettacolo. Certi dubbi non sono un bel passaporto per la celebrità, credimi.»

Questa volta sono io che deglutisco a fatica.

Guardo il suo volto stanco e per la prima volta lo vedo davvero. Quello che ho di fronte è un uomo afflitto dall'ansia di non perdere tempo perché ormai di tempo per cambiare non ne ha davvero più.

Lo ringrazio per la chiacchierata e lo saluto. Me ne vado dal bar senza avergli detto che cosa mi frulla nel cervello.

«Amo'... che c'è? Sono giorni che ti osservo. Vuoi mollare tutto, vero?»

Beccato!

«È che... vedi, Giada, io non vorrei lasciarti da sola a vivere quest'esperienza, però certe sere sento che continuare a muovermi sul binario che finora ci ha guidati non fa più per me. Anzi, seguirlo ancora mi sta mandando a fondo.»

«Così però sputi in un piatto da cui stiamo mangiando. E poi... perché vuoi arrenderti proprio ora? Proprio ora che sei a un passo...»

«A un passo dal sogno, Giada?»

«Sì, proprio questo.»

«Non capisci che questo non è il mio sogno? Che quello che è giusto per me ora forse è proprio non farlo quell'ultimo passo? Lo so, la gente dirà che sono uno stupido a non cogliere una possibilità come questa, ma che ci posso fare? Sento che non è questo il mio posto...»

Giada è impietrita.

Lo so, le sto causando un grande dolore, ma è giusto che lei sappia come stanno realmente le cose.

«Io non sono un cacasotto. E mi sembra di avertelo dimostrato mille volte, no?»

Lei annuisce come un automa.

«E non fare quella faccia, amore, sto solo ragionando a voce alta con te... Penso che quel passo voglio e posso farlo. Ma non ora. Non così. Per me è più serio e onesto restare fermo e conservare quel passo per qualcosa d'altro, tutto qua.»

Giada mi guarda. Sta cercando di capire se sto scherzando. Ma dentro di sé sa bene che ciò che le ho appena raccontato è quello che avevo dentro. E la cosa non la rende certo felice.

«Fa' come vuoi, amore. Qualsiasi cosa tu deciderai di fare tra noi non cambierà niente. Tu sei sempre tu.»

La adoro. In ogni momento di crisi è capace di rimettermi al mondo e lo fa ricorrendo alle stesse energie che dovrebbe usare per sé, per affrontare le situazioni difficili che la vita le mette davanti. La adoro anche perché spesso pensa prima a me che a se stessa. Quando succede, ogni volta che succede, non posso non avere paura. Vorrei non aver mai bisogno di prendere da lei quello che non trovo dentro di me. Ma vivere in coppia forse significa proprio questo...

«Domani c'è la conferenza stampa» ci avvisa il nostro responsabile di produzione prima che usciamo dal teatro.

Una volta in camera, sento una voglia fortissima di baciare Giada, di coccolarla. Ho proprio bisogno di fare l'amore. È sempre stato questo il nostro modo di resettare le cose, di ripartire dopo i momenti in cui ci siamo sentiti lontani l'uno dall'altra e quasi ci sembrava strano di essere una coppia.

Avete presente quando si va al cinema e il film che a te fa impazzire a lei fa schifo? Io ho sempre vissuto queste situazioni come delle separazioni, per quanto brevi. Idem quando in pizzeria io prendo la capricciosa e lei dice che non può nemmeno sentirne l'odore. Che non capisce come si possa mangiare una cosa del genere. Tutte le volte che la sento parlare così, penso che non siamo fatti l'uno per l'altra. Ma se poi stiamo vicini e ci facciamo le nostre solite coccole, sul nostro amore torna il sole e mi sento stupido ad avere pensato male di noi.

Adesso vorrei che ci coccolassimo un po'.

«Dài, resettiamo?»

«Non penso di farcela amo', ma è tutto a posto, stai tranquillo.»

No, non sto tranquillo affatto. Ripenso a quello che mi ha detto una volta don Celestino, un prete della mia parrocchia. Anziano, ma sveglio come pochi. Girava sempre in bicicletta, i capelli bianchi al vento, e salutava la gente con la mano ben aperta. Lo adoravano tutti. Salutava soprattutto quelli con la faccia dura, quelli che magari beccava a scrivere con le bombolette sul muro dietro la chiesa, o i rumeni che di mestiere rubavano i motorini al campo di calcio. Ecco, lui salutava sempre, come a dire: "Proprio perché sei uno che sbaglia, tu mi stai molto simpatico". E con me faceva lo stesso. Un giorno andai a trovarlo perché stava male e gli raccontai del litigio che avevo avuto con Natasha, la mia fidanzatina, e che, da quando era successo, non l'avevo più cercata. Lui allora mi disse: «Se ami qualcuno, non lasciare mai che scenda la notte e vi trovi litigati. È brutto. Primo perché si dorme male, in tensione, e poi perché la mia mamma lo diceva sempre e io sono arrivato a ottantaquattro anni seguendo questo consiglio».

Io, però, non so davvero che cosa fare per cambiare la situazione. Per la prima volta da quando è finita la scuola, la notte verrà e ci troverà "litigati". Ed è come perdere un pezzo della poesia che c'è tra di noi.

La notte arriva e ci trova divisi, io sul divanetto e lei nel lettone. Idem la mattina. Giada mi bacia di sfuggita sulla guancia prima di uscire per la conferenza stampa. Che brutta sensazione.

Entrano i giornalisti, si siedono. Il regista dice delle cose – quelle che interessano di solito ai giornalisti –, i nomi degli attori, dello scenografo, il plot della storia, ma si capisce che per i presenti non è abbastanza. Loro osservano noi, i ragazzi di *Amici*. Vorrebbero la notizia, vorrebbero un titolo per un articolo.

Una di loro, giovane, ma tagliata per il mestiere – si vede subito –, chiede: «Li vogliamo far parlare questi ragazzi? In fondo, in questo spettacolo dovranno dimostrare quanto valgono, visto che finora hanno solo fatto vedere come sono bravi a litigare tra di loro...».

Chicco e Luca, seduti accanto al regista, stanno per rispondere, ma li anticipo, afferrando per primo il microfono.

«Mi sono rotto le palle di questa storia! È possibile che solo perché usciamo da una scuola "televisiva", dobbiamo dimostrare qualcosa di più degli altri? Abbiamo fatto TV, è vero, ma non siamo *solo* un suo prodotto. Almeno non più di tutti voi, che di televisione vivete esattamente quanto i ragazzi di *Amici*. Mi sbaglio? Perciò se adesso tentiamo di fare uno spettacolo teatrale, provate, almeno stavolta, a commentare quello che vedrete sul palco e non semplicemente a riportare le impressioni che vi siete fatti guardandoci in televisione. Noi pensiamo di essere bravi. Ma se avete intenzione di venire alla prima con addosso i pregiudizi della giornalista che ha parlato poco fa, vi chiedo di non venire proprio. Sono stanco di essere per tutti "quello che ha vinto *Amici*". Io sono Mattia e vengo da Como. Scrivete solo se sono bravo o no, per favore.»

Cala il gelo.

Al piccolo rinfresco che segue la conferenza stampa, il regista non mi rivolge la parola. Ho la sensazione di aver fatto una cosa "proibita". Ma se non l'avessi fatta non sarei più riuscito a guardarmi allo specchio.

Giada è terrorizzata.

Lei è l'unica che può fare uno più uno.

Il totale dice: "Mattia molla il musical...".

13
"Il tempo è dalla mia parte"

Devo dire al regista che il musical non lo faccio.

Se non mi spiegherò come si deve dovrò sorbirmi tutte le sue teorie sul perché mollo. Mi sembra già di sentirlo. Nell'ordine dirà:

> che ho paura: scappo da una responsabilità, ma, crescendo, me ne pentirò;
>
> che lascio tutti nella merda (non è vero, Tommaso sa la mia parte meglio di me);
>
> che per tutti sarà una iniezione di sfiga;
>
> che – e questa è la cosa che mi rompe di più – sono tutti capaci di vincere un programma come *Amici*, quando, però, devi far vedere a tutti il tuo talento, scappi e lì casca l'asino.

Non riuscirei a sopportarla un'altra lezione di vita.

Provo il discorso sotto la doccia. Sarà la decima volta che lo ricomincio. «... per cui da adesso in poi, dovrete fare a meno di me...» No, troppo egocentrico, chi cazzo credo di essere? «Abbiamo differenti istinti artistici...» No, così gli sembrerò un cretino. «Il musical è bellissimo, per carità, solo che lavorarci non è il mio sogno e, finché potrò, voglio tentare di fare solo cose che mi eccitano, che mi stimolano, per le quali non dormo la notte dall'agitazione.»

«Meglio l'ultima. Le altre ti fanno sembrare stronzo» mi dice Giada da dietro il vetro.

«Hai ascoltato tutto quello che...?»

«Sì. Quella del sogno secondo me è l'unica buona. Lo abbiamo sempre detto che nella nostra vita vogliamo seguire i sogni, no? Chi si accontenta, alla fine, è un poveretto... Insomma, qui ti riconosco. Posso amare solo uno che parla in questo modo, che dà un calcio a un sacco di soldi e a un successo annunciato pur di fare quello che ha in testa. Bravo, amo'.» La prendo per i fianchi e la tiro a me.

«Non mi stringere così, amo', che poi non c'è tempo e mi rimani scombussolato per il resto del giorno... Oggi di palle ne dovrai avere parecchie, mi sa.»

Prendo il telefono e chiamo Tommaso. Voglio che lo sappia subito: è lui il mio sostituto. Non risponde. Allora telefono a Stefano. Lui mi ascolta, in silenzio. Il fatto che se ne stia zitto anche dopo che ho finito di spiegargli cosa intendo fare mi preoccupa. L'ultima cosa che vorrei al mondo è che lui decidesse di seguirmi. Invece mi dice: «T'ho visto che soffrivi in questi ultimi tempi. Secondo me fai benissimo. Tu sei un ballerino istintivo e geniale, nel musical eri sprecato, eri uno dei tanti. Tu devi ballare e basta. Iniziava a starmi un po' sul cazzo che ti rassegnassi a questa cosa senza reagire...».

«... E tu non mi hai mai detto niente per rispettare i miei tempi, vero?»

Finita la nostra conversazione, penso che se solo avessi sempre la forza di esprimere i miei dubbi sarei in grado di affrontare meglio ogni situazione. A uno come Stefano potrei dire tutto, anche le cose di cui mi vergogno, senza filtri, ma non sempre ci riesco. Divento timido in modo imbarazzante. Il fatto è che temo sempre che, a essere completamente sincero, soffrirò di più. Forse, però, la mia è solo presunzione: vorrei essere un uomo tutto d'un pezzo, sempre solido e affidabile, quando è chiaro che non lo sono...

Suona il telefono. È Tommaso.

Guardo fuori dalla finestra mentre mi sforzo di trovare le parole giuste. Non voglio certo che vada in giro a dire cose strane sul mio conto.

Mi chiede perché l'ho cercato. Ed è allora che lo vedo. Sì, è lui, in piedi sul marciapiedi di fronte al residence. Lui, però, non alza gli occhi e non si accorge che sono affacciato alla finestra della mia stanza.

«Che c'è Mattia? Hai bisogno?»

«Ho qualche problema con il musical...»

Tommaso stringe il pugno e muove il braccio verso l'alto come per dire: "Eh vai!!!", poi, con un tono che non c'entra niente con il gesto che gli ho appena visto fare, mi dice: «Mi dispiace, Mattia, posso aiutarti in qualche modo?».

«Forse sì, Tommaso» gli rispondo io.

Ormai il gioco mi piace: è divertente osservare, a sua insaputa, le reazioni a quello che gli sto dicendo al telefono.

«Ho dei dubbi sul fatto che io possa realmente far bene la parte del protagonista...»

Tommaso si morde la mano, sembra tarantolato, ormai saltella su quel marciapiedi, forse non se ne rende nemmeno conto.

«Su, non dire cazzate, sai quante volte anche a me vengono certe crisi...» mi dice.

«No, Tommaso, ho deciso...»

Non sta più nella pelle. A un certo punto salta verso l'alto e dà un colpo così forte al cartello di divieto di sosta che si trova a breve distanza da lui che quasi lo sfonda.

«Pensaci bene, Mattia. Io sono pronto a darti una mano comunque, lo sai...»

Lo interrompo, il gioco mi ha stancato: «Cretino, so benissimo di darti una gioia e da come stai saltellando credo tu abbia capito che...».

«Come fai a sapere che...?» mi chiede alzando lo sguardo verso la mia finestra. A quel punto interrompe la telefonata.

«Ho deciso di mollare il musical, ma solo se tu te la senti di prendere la parte da protagonista» gli urlo dal balcone.

«Mattia... ti amo!!!»

In quel preciso istante passano due vigili che, a quelle sue parole, lo guardano storto. Per mettere Tommaso ancora più in imbarazzo, gli mando un bacio con la mano e i vigili scuotono la testa con più forza.

«Acqua in bocca, Tommaso, mi raccomando. Voglio dirlo io alla produttrice e al regista. Posso contarci, vero?»

«Certo, per chi mi hai preso?»

Lo vedo avviarsi verso il vialetto d'ingresso neanche fosse un calciatore che ha appena segnato in rovesciata nel derby. Bacia persino una signora che passa di lì con le buste della spesa, e poi scompare.

Ora però arriva la parte più difficile.

Devo prepararmi e andare in teatro. Giada mi sta aspettando alla reception. Dobbiamo prima andare a cercare della propoli per la sua gola che si è arrossata in modo pazzesco. Poi, la Di Michele le ha consigliato intrugli stranissimi per preservare la voce: dalle acciughe alle pastigliette omeopatiche di Drosera. Entriamo in farmacia e ci stiamo quasi un'ora. Abbiamo tutto quello che serve per debuttare. «Speriamo non ci sia l'antidoping» le dico per alleviare la tensione.

Arriviamo in teatro in leggero ritardo. Le prove sono già iniziate. Sento la musica del mio ingresso, quella che precede il monologo sul tempo che è dalla mia parte. Quasi per un riflesso condizionato, butto a terra lo zainetto e faccio per correre verso il palco quando, dal fondo, sbuca Tommaso, che, arrivato al proscenio, attacca con quello che era il *mio* monologo: «C'era una canzone...».

Rimango a bocca aperta. Le labbra si muovono ma non riesco ad articolare alcun suono. Seguo il monologo che era mio fino a cinque minuti fa e non posso non restarci male. Tutti sanno già tutto. Il regista, che – me ne accorgo solo ora – è seduto alla mia sinistra, non mi guarda nemmeno, assorbito com'è da Tommaso. Si capisce che lo adora: ride a ogni sua battuta e in alcuni momenti sembra persino commuoversi. Gli faccio segno che devo parlargli, ma lui mi fa intendere che il problema Mattia è risolto. Cioè Tommaso ha risolto il problema. Poi torna a seguire il monologo.

Cazzo, Tommaso, stavolta mi hai combinato un bel casino. Io non volevo che andasse a finire così. Giada mi osserva da una quinta, dove attende il suo attacco, mi fa segno con la mano di stare calmo. Ma io non sono affatto calmo. Chissà che palle avrà raccontato agli altri Tommaso. Avrei voluto essere io a spiegare che cosa mi ha spinto a decidere di abbandonare tutto. Ormai però il casino è fatto e non c'è tempo per ascoltare quello che ho da dire. Riprendo lo zaino e scappo dal teatro.

Fuori c'è un sole meraviglioso. Mentre esco dal Parioli incrocio quattro ragazze bellissime. Si fermano e mi guardano. Probabilmente avranno visto il programma e mi hanno riconosciuto. Mi sorridono e, parlottando in una lingua che non conosco – potrebbe essere svedese –, fanno un po' le sceme. Le saluto con la mano, come se stessero partendo per Stoccolma in quell'istante. Loro ridono e mi mandano bacetti con la mano. Riprendo a camminare spedito per la mia strada. E, per la prima volta da qualche tempo a questa parte, respiro a fondo. L'aria che mi entra nei polmoni mi fa sentire libero. Sono libero, so ballare e... il tempo è dalla mia parte. Sono sempre io, Mattia. Senza più angosce. Vado in giro per la città. Mi sembra addirittura di vederla con occhi diversi, nuovi. Passeggio per il Lungotevere, fino a Ponte Milvio. Che bella questa città, con i suoi ponti sul fiume, il vaporetto che porta i turisti dritto a Castel Sant'Angelo. Mi affaccio per guardare il fiume che scorre sotto di me. Vedo due tizi che fanno canoa e persino un barbone che si gode il sole su una sdraio proprio sull'argine. Libero! Sono libero come te. Senza un lavoro e senza pensieri...

Squilla il telefono. Panico: è Maria.

È la prima volta che mi chiama da quando ci conosciamo! Avrà saputo del mio abbandono e vorrà dirmi che sono un cretino. Ma no, non è da lei.

Rispondo. La sua voce è tranquilla, bassa e calda come al solito: «Ho saputo quello che è successo, mi dispiace, ma forse hai fatto la cosa giusta... Mi dicono che Tommaso è strepitoso, perciò tu stai sereno... Piuttosto, mi chiedevo, ti andrebbe di fare il ballerino professionista all'interno della scuola?».

«Cazzo!», che altro non è se non il mio modo di dire "sì, certo!". Mi impongo di restare calmo. «Ma dici tipo Anbeta, Leon, José e gli altri?»

«Ovviamente, è chiaro che non farai le dimostrazioni di classico, visto che non è il tuo stile, però mi farebbe piacere che tu restassi nella scuola. Sei una persona con la quale mi piace avere a che fare e sia Steve sia Garrison sarebbero felicissimi di averti come ballerino...»

«Anche Steve?» gli chiedo io, quasi incredulo.

«Soprattutto Steve» risponde lei e poi conclude: «Ci vediamo alla prima del musical, giusto?».

Certo. Certo che ci vengo alla prima e certo che faccio il ballerino ad *Amici*. La saluto e, come in trance, vado al barettino di Ponte Milvio, compro quattro birre fredde, scendo lungo l'argine e arrivo dal barbone che prende il sole. Mi siedo accanto a lui, stappo una birra e gliela passo, poi ne apro un'altra. Come se fosse una cosa del tutto scontata, lui fa cin cin con la sua bottiglia guardandomi fisso negli occhi.

«A che cosa brindiamo?»

«Al fatto che siamo vivi, che sono un ballerino, che la vita mi sorprende ogni giorno e...»

«Aspetta aspetta, i motivi sono troppi: beviamo la prima e brindiamo al fatto che siamo vivi e poi con la seconda al resto.»

Brindiamo.

Da dove siamo si vede lo stadio Olimpico. Alle sue spalle il sole rossiccio.

Il tempo è dalla nostra parte.

14

Botta di gelosia

Tra pochi giorni Giada partirà per la tournée e questo, devo essere sincero, mi spaventa...

È vero, abbiamo fatto progetti insieme, e ce lo siamo detti, ma continuo a pensare che forse è come diceva mia madre quando mi sono innamorato la prima volta.

"Tu sei innamorato dell'amore."

All'epoca mi mandava in bestia quella frase.

Lei sosteneva che invece quelle parole avrebbero dovuto farmi riflettere. Il più delle volte, secondo lei, si ama il fatto di amare, non una persona precisa. O meglio, si ama se stessi nell'atto di amare, che, se ci pensate, cambia un bel po' la faccenda...

Alla mamma adesso direi che Giada la amo sul serio e voglio fare di tutto perché sia felice. Possibile che io dica questo solo perché ora l'ho vicina, quasi tatuata sul corpo? Noi non siamo mai stati lontani l'uno dall'altra per più di un giorno. Quando sarà in tournée sarò ancora capace di volere la sua felicità? Di essere contento sapendo che sta bene anche senza di me, che va a divertirsi per locali con i tecnici e gli attori della compagnia? E se tra loro ci fosse un tipo gentile che la fa bere per poi approfittarsi di lei? Sono un cretino, lo so, ad andare in paranoia per queste cose, ma è il mio pensiero fisso da stamattina. Perché stasera c'è la prima del musical... E tra qualche giorno Giada partirà, senza di me.

Dei ragazzi nessuno mi ha fatto scenate o roba del genere per il fatto che ho mollato tutto. Il regista ha anche provato a chiamarmi, ma non me la sono sentita di parlargli. Sono certo che Tommaso sarà bravissimo, sicuramente molto più di me... A pensarci bene, l'unica cosa che mi riusciva bene nello spettacolo era baciare Giada. Noi, però, ci davamo baci veri, non come quelli che ci ha insegnato a dare la Mari, a scuola. Lei ci spiegava che il segreto è nascondere la bocca vicino al mento della persona che devi baciare, poi muovere la lingua dentro la bocca, la tua, voglio dire. Da fuori sembra davvero che il bacio sia bocca contro bocca, invece è solo un trucco. Da quando facciamo anche tutto il resto, Giada e io ci baciamo molto meno, quindi farlo in scena è sempre stata una cosa fantastica. Perché per me voleva dire "ti amo", ma anche "solo io posso farlo". In scena non abbiamo finto nemmeno una volta. E ogni volta la baciavo come un matto.

"Con Tommaso come farà?" Non ci avevo mai pensato prima. "Chiaro, fingerà" rispondo tra me e me mentre arrivo allo Studio 19 di Cinecittà.

Ho appuntamento con il produttore di *Amici* e devo anche incontrare Steve e gli altri.

Steve mi dice che è contento di lavorare ancora con me. Le sue regole le conosco già: puntualità, in sala non si parla, per cambiare un passo devo prima chiederglielo e soprattutto "niente cazzate".

«In che senso?» gli chiedo.

«Nel senso che le ragazze della scuola sono belle. Quando eri uno studente eri libero di innamorarti, ma adesso dovrai stare attento, questo è il senso. Quando balli il tuo corpo e quello della partner sono una cosa sola: senti il suo respiro, il suo odore, può esserci anche un bacio, in un certo senso è come se tu facessi l'amore con lei. Attento, però, *come se* è diverso dal farlo sul serio. Questo un professionista non lo fa. Soprattutto qui dentro. Le ragazze non sono professioniste ma tu sì, ora, e per questo devi essere chiaro e serio. Se segui queste regole, noi andremo d'accordo.»

Garrison mi intercetta nel corridoio e mi chiede di Giada. Poi anche lui attacca con le sue regole, che in realtà si riducono a una cosa sola: «Balla come se questo *non* fosse un lavoro!». Il bello di *Amici* è che i maestri sono diversi uno dall'altro...

Vedo sfilare i ragazzi vestiti con calzamaglia e maglietta bianca, avranno appena finito la lezione della Celentano. Poi arrivano le ragazze, ognuna con il body rosa, le calze, i capelli raccolti – nella sala di Alessandra sono obbligatori, come è obbligatorio togliere orecchini, piercing e fermagli strani. Con lo chignon le ragazze sono stupende, sembrano tanti piccoli cerbiatti, fragili. Passa anche Roberta, però tira dritto come se io fossi una sagoma di cartone. Ha un filo di eyeliner sulle palpebre. Non sembra per niente un cerbiatto, lei. Assomiglia piuttosto a una leonessa pronta a sbranare... Va dritto ad abbracciare Steve. Prima di staccarsi da lui, si volta impercettibilmente verso di me. Non mi sta guardando, eppure io sento i suoi occhi lampeggiare nella mia direzione. Dopo aver dato un bacio sulla guancia a Steve, si gira di scatto e mi pianta occhi, bocca e tutto il resto in faccia. È pazzesca. Il suo modo di fare ha dentro di sé tutta la malizia dell'attrice consumata che sa perfettamente dov'è la telecamera pur senza guardarla mai. Poi, di colpo, *buummm!*, occhi negli occhi e tu sei fregato... La saluto con la manina, come un deficiente. Tanto per darmi un contegno saluto anche tutte le altre. Pure loro mi guardano, ma in modo diverso da Roberta.

Arriva Patrick. Lui è la persona che forse conosce meglio la mia Giada. Le ha insegnato ad avere fiducia in se stessa, è l'unico che può cazziarla, farla piangere senza per questo farsi odiare da lei. Come con Stefano, a Patrick Giada racconta tutto. Se è vero che la Mari ci ha fatto baciare per la prima volta, Patrick ci ha "sposato"...

«Devo parlarti...» mi dice.

Percorriamo il corridoio – è questo il posto della scuola in cui capita tutto! – per andare alla macchinetta del caffè, che si trova in un'area dove solo professori e professionisti possono stare. Prima della macchinetta c'è una porta che gli allievi non possono aprire. Mentre entro nella zona "riservata", Pietro, un cantante che assomiglia tantissimo a Little Tony mi dice sorridendo: «Ce lo prenderemo prima o poi un caffè insieme, Mattia?».

È di una simpatia particolare, questo Pietro. Mi fa ridere il fatto che sia così espansivo e che dia subito confidenza a chiunque. Quando si esibisce poi è il massimo: i professori, per giudicare come canta, sono costretti a chiudere gli occhi per quanto è buffo. Non è molto alto eppure canta come se fosse uno di due metri. E per quanto nelle sue intenzioni voglia essere sexy e disinvolto, è rigidissimo. Manca poco che batta il tempo con il piede come Olmo, quello di *Mai dire TV*, appena prima che parta il ritornello. Però, devo essere sincero, se fossi ancora nella scuola, forse il mio amico del cuore sarebbe lui.

Patrick e io ci prendiamo il caffè, ci sediamo.

«Gli spettacoli ai quali non partecipi fanno uno strano effetto, quando li vedi realizzati. Perciò preparati, stasera sarà come... come vedere uno che si siede in casa tua e mette i piedi sul tuo divano. Quello che si muoverà in scena è un personaggio che, forse non te ne sei nemmeno accorto, è diventato quasi te. A me è successa una cosa simile e ti assicuro che non è stato facile affrontarla.»

Non lo capisco.

A me del musical non interessa più niente. Sono scappato da lì perché quello non era il mio mondo. Di questo ne sono sempre più certo.

Non vedo Giada da due giorni. Ha dormito con Erica dopo la prova generale e oggi non ci siamo sentiti. Entrando in teatro con Patrick mi fermo per qualche istante davanti al cartellone: ci sono la foto della mia Giada e, accanto, una foto attaccata in fretta e furia per coprire la mia facciona, una pecetta con la foto di Tommaso, che sorride nel suo solito modo forzato. Vorrei andare a trovarla nei camerini, ma sono in ritardo e poi mi sembrerebbe di disturbarla. Entro in sala, sento alzarsi delle voci, alcuni dei presenti si voltano. Mi piace questa sensazione, anche se stavolta il brusio un po' mi disturba, è davvero troppo forte. Le ragazzine non mi corrono incontro come al solito, sembrano intimidite. Manco fossi un fantasma o una vera star del cinema. Vedo i fotografi accalcarsi all'ingresso della sala.

Patrick mi prende da parte e mi indica i nostri posti. Io gli faccio segno che sarebbe scortese dare buca ai fotografi e lui, ridendo, mi dice: «Guarda che sono qui per la Ferilli, non l'hai vista? È entrata con noi...».

Faccio finta di niente, ma accuso il colpo. Avere successo per un anno può capitare... ma essere amati da così tanto tempo è una cosa diversa. Deve essere proprio una gran bella emozione. Mi siedo, un po' deluso, quando sento una mano sulla spalla. È lei, la Ferilli.

«Ti ho seguito tutto l'anno scorso, Mattia. Non sai quanto ho speso per il televoto...»

Vorrei baciarla – è così vicina –, ma l'unica cosa che riesco a dire è: «Anche io ti seguo... Sei...».

Sono talmente cretino che non riesco nemmeno a dirle che per me è bravissima e che ho un suo poster in ogni armadietto della mia vita (a Como, nello spogliatoio di calcio, al residence e ad *Amici*).

Buio in sala.

La saluto in modo sbrigativo, come mio solito, come se conoscerla non fosse stato un sogno che si realizza, senza riuscire a trovare le parole giuste.

Inizia la spettacolo.

Sono fuori dal teatro. Piove. Lo spettacolo non è ancora finito, però è finito qualcos'altro.

Tommaso ha baciato Giada. L'ha baciata sul serio, non come ci diceva la Mari. Ne sono certo, erano bocca contro bocca. Sono uscito di corsa dal teatro perché non volevo fare una scenata.

Tiro fuori il mio cellulare dalla tasca.

Rubrica.

Scorro la lista.

Mi fermo sul nome di Roberta.

Componi SMS.

Sto per scriverle: "Dove sei?".

Ma alla fine non scrivo niente.

Invio un messaggio vuoto.

Tre secondi netti e arriva la risposta: "Hai bisogno?".

Sì. Ho bisogno di qualcosa, proprio quello che stai pensando tu, Roberta.

"No, scusa, è partito un messaggino per sbaglio."

Sono geloso come un cretino, quindi l'amo. O forse sono solo innamorato dell'amore e adesso dovrei andarmene da Roberta e prendermi una bella rivincita. Per fortuna arriva Patrick. Mi dice che mi ha chiamato un taxi.

«Parlo io con Giada. Le spiegherò che sei dovuto scappare ai primi applausi perché domattina inizi a lavorare presto...»

Non ci crederà nemmeno un secondo. Sono sicuro che mi ha visto uscire dalla sala dopo il suo bacio con Tommaso. Mi sono cadute le chiavi del motorino quando mi sono alzato, avrà capito che ero io.

La sto facendo soffrire, lo so. Adesso lo spettacolo sarà finito e lei starà chiedendo a tutti dove sono. Come è andata lo vuole sapere solo da me. Tutti le diranno che è stata brava, ma l'unico "brava" che lei desidera è il mio. Ma no, forse no, altrimenti Tommaso non l'avrebbe mica baciato in bocca, 'sta stronza. Non vado da Roberta solo perché Steve mi ammazzerebbe. 'Fanculo essere professionista. 'Fanculo.

15
Primo giorno di lavoro

Voi li leggete mai gli oroscopi? Io sì, non perché ci creda, ma solo perché mi piace vedere quanto si spingono oltre. Tra i miei preferiti ci sono quelli che ti forniscono un mare di particolari, che ti anticipano che oggi ti succederà questo o incontrerai quell'altro. Detesto quelli che ti dicono l'ovvio, tipo che in estate andrai in vacanza e a Natale dovrai stare attento alle temperature basse.

Un momento... ora che ci penso, l'annuario di Branko per il mio segno aveva predetto un avanzamento di carriera negli ultimi mesi dell'anno.

Eccomi qui, dunque. Da ballerino "di belle speranze", vincitore di *Amici*, a ballerino professionista del programma. Mi fa impressione essere associato a José, Leon, Kledi, Maria e Anbeta: ieri erano degli idoli e oggi lavoro con loro.

La percezione che hai di te stesso non è mai uguale a quella che gli altri hanno di te.

Forse l'ho già pensato altre volte, ma mai come in questo momento questa per me è una verità assoluta: la gente, vedendomi danzare con ballerini professionisti, pensa che lo sia anch'io.

Oggi è il mio primo giorno di lavoro. E non è una passeggiata. Veniamo convocati molto in anticipo rispetto ai ragazzi. Io divido il camerino con Leon e José. Una ragazza della redazione stamattina ci ha spiegato in linea di massima che cosa faremo durante la giornata.

I camerini sono a pochi metri dalla scuola vera e propria. Invece la redazione e gli autori stanno in quella che chiamano "villa", una costruzione bassa con davanti un cortile, che la divide dalla scuola. Per tutto l'anno scorso, io e gli altri ci siamo chiesti dove stessero Luca e Chicco. Ora lo so, e posso pure entrarci.

Come sto facendo adesso.

Davanti a me un lungo corridoio, poi una sala piena di monitor. Vedo Dany che balla con Roberta e Alessandro nella sala di Steve; dalla Di Michele, invece, ci sono Verdiana, la milanese, e Pietro. Anche se apparentemente sembra di essere a casa, quando guardi la TV sdraiato sul divano, in realtà è un gran casino: non sai a chi dare retta, immagini e voci si accavallano nella mia testa. Non riesco a decidere a chi dare la priorità. Con le orecchie ascolto cantare Verdiana, ma con la coda dell'occhio tengo sotto controllo Roberta. Luca è seduto alla sua scrivania. Vedendomi frastornato mi butta un: «Com'è Mattia?».

«Boh... sembra tutto così strano.»

«Benvenuto dietro le quinte del reality» mi dice sorridendo. «Allora, ti spiego: quelli che vedi sono i monitor grazie ai quali osserviamo in tempo reale che cosa stanno combinando i ragazzi. Dopodiché scegliamo quello che verrà mandato in onda.»

«Cioè, tu li spii... e basta. Be', se rinasco voglio fare l'autore anch'io, sembra facile.»

«Bello mio, va' a lavorare, va'» mi risponde lui, tirandomi un pennarello. Sto per lasciare la "stanza dei bottoni" quando entra di corsa un ragazzo che non ho mai visto prima e che, tutto trafelato, dice a Luca: «Sono arrivate le foto che stavi aspettando. Avevano ragione quelli del residence: nella stanza 507 sono stati compiuti degli atti di vandalismo».

Luca guarda le foto, poi si alza: «Ok, suonate la campanella e radunate la commissione e i ragazzi in studio». Poi esce dalla stanza.

Pochi secondi fa Luca era qui con me e ora è già in onda. Tutto è successo a una velocità pazzesca. A mano a mano che passa il tempo, mi abituo ai monitor e inizio a seguire ogni cosa, senza perdermi nulla; è come leggere un libro i cui capitoli non sono uno di seguito all'altro, ma sparsi su un tavolo; sta a te riordinarli per seguire la storia. Su un monitor vedo Roberta uscire da una classe, su un altro Dany entrare in saletta relax, e su un altro ancora la commissione prendere posto in studio. La mia fatica sta tutta nel sistemare questi frammenti e ricomporli per creare una logica nel racconto, che in questo caso è:

> suona la campanella;
> i ragazzi escono dalle aule;
> si radunano in sala relax;
> entra Luca e fa loro segno di seguirlo in studio;
> entrano in studio dove trovano, già schierata, la commissione.

È divertente questo gioco, appassionante, un po' come vedere *Beautiful*, anche se in questo caso non esiste un copione già scritto. Il "copione" – come dice sempre Luca – lo scrivono davvero i ragazzi che frequentano la scuola.

Ormai a mio agio in mezzo ai monitor che spiano la vita di tutti gli abitanti della scuola, prendo una Coca Light dal frigorifero, mi siedo, appoggio i piedi su un'altra sedia e mi godo lo spettacolo.

In studio, sul led appaiono delle foto, o meglio, ingrandimenti di fotografie, anche se, a dirla tutta, non si capisce quale sia il soggetto. Nella prima si vede un foro, nella seconda un pezzetto di moquette bruciata. Luca chiede se qualcuno ha vagamente idea di cosa siano queste immagini. Parte una carrellata dei volti dei ragazzi. Alcuni sono increduli: hanno l'espressione tipica di chi non sta capendo nulla; altri hanno l'aria di aver compreso di cosa si tratti, ma non hanno intenzione di farsi beccare in castagna.

«Qualcuno sa di cosa sto parlando o vado avanti?» dice Luca.

Silenzio. Nessuno apre bocca.

«Ok, vado avanti.»

Sul led compare la porta di una stanza del residence con relativo numero: 507.

«Ok, ora non ci sono più dubbi, no? Chi dorme in questa stanza?»

Alzano le mani Alessandro, Fausto e Vito, un ballerino siciliano entrato da poco nella scuola, dopo aver vinto una sfida.

«Bene, ora sappiamo chi ci dorme. Quello che mi piacerebbe sapere è chi è il responsabile di quanto abbiamo visto, ovvero moquette e carta da parati bruciate, quasi sicuramente da un mozzicone di sigaretta. Posso sapere chi è stato?»

Nessuno fiata.

Trascorrono più di due minuti. Tutti stanno in silenzio e guardano in basso.

«Ragazzi, siate responsabili delle vostre azioni, altrimenti la commissione sarà costretta a prendere provvedimenti disciplinari nei confronti dell'intera classe. Se fossi in voi, sinceramente, mi farebbe girare le scatole beccarmi una punizione senza avere colpa per ciò che è successo.»

Le parole di Luca scatenano il putiferio. Verdiana dice che non ha assolutamente voglia di prendersi una punizione a causa di qualcun altro. Elisa sostiene di sapere chi è il responsabile, ma che non se la sente di fare la spia. Vorrebbe che fosse il diretto interessato a parlare.

In quel momento Garrison entra nella sala dei monitor: «Mattia, dove diavolo eri finito? È da mezzora che ti cerco: dobbiamo montare la coreografia per la sfida a squadre di sabato prossimo».

«Oh, scusa Garrison, ma passavo di qui e mi sono intrippato a guardare che cosa stava accadendo nella scuola» gli rispondo.

«Perché, che cosa sta succedendo?» mi chiede e, dopo aver dato un'occhiata al monitor, come ipnotizzato, si siede accanto a me.

Gli racconto quello che ho visto finora.

«E chi è stato? Chi è il colpevole?» domanda incuriosito.

«Boh, non si sa ancora, ma vedrai che, se non si fa avanti, qualcuno farà la spia. Però... scusa, Garrison, perché sei qui? Non dovresti essere anche tu in studio?»

«*Oh, God!!!* Hai ragione» e corre via.

Pochi secondi dopo vedo Garrison comparire nel monitor e sedersi con il resto della commissione.

«Allora, visto che il colpevole non esce allo scoperto, cerco di restringere il campo. Posso sapere chi di voi tre ha fumato nella stanza 507?» chiede Luca spazientito.

L'unico che non alza la mano è Fausto. Gli altri due assicurano che, quando fumano, lo fanno sul terrazzino.

Il giallo sta per risolversi.

Fausto ha deciso di parlare: «Luca è colpa mia» ammette con voce (fintamente) rotta.

«Posso sapere che cosa è successo?» chiede Luca.

«Avevo in mano l'accendino e... inavvertitamente si è acceso... e ha fatto... un... foro sul muro...» spiega in modo poco convincente Fausto.

«Fausto, per piacere non prendermi in giro. Come può succedere che *inavvertitamente* uno con un accendino in mano faccia un buco su una parete? E per la moquette come la mettiamo? Anche in quel caso *inavvertitamente* l'accendino è caduto acceso? Dài, Fausto» conclude Luca, «non penserai che io sia così scemo da credere a una spiegazione del genere?»

«Per la moquette, sul serio, non so come sia successo, ma per la carta da parati, ti giuro, è andata esattamente così.»

«Eh no, Fausto!» esplode Verdiana.

«Che c'è Verdiana?» le chiede Luca.

«No, non ci sto, non sopporto chi dice le bugie, soprattutto quando poi ci vanno di mezzo le altre persone...»

«Che cosa vuoi dire?»

«Voglio dire che Fausto...» Si gira verso di lui: «Lo dici tu o lo devo dire io?».

Fausto la fulmina con gli occhi.

«Allora lo dico io, perché a questo punto è un problema suo se non vuole far sapere che fuma. Capita spesso che lui venga a fumare nella mia stanza e altrettanto spesso spegne la sigaretta sulla moquette. Io mi sono arrabbiata un sacco di volte per questo, ma lui niente.»

«Confermi Fausto?» chiede Luca.

Silenzio.

«Ehmm... sì, ma giuro che non l'ho fatto apposta» risponde lui ridacchiando.

«Fausto, innanzitutto il tuo atteggiamento non mi piace per niente: non puoi dirmi che non l'hai fatto apposta, se, quando vai in giro con una sigaretta in mano, la spegni sempre dove capita. Secondo punto: nelle stanze del residence non si può fumare. Terzo: il residence non è casa tua. La produzione paga per te e tu devi mostrare rispetto. Io non posso ignorare quello che è successo perciò sono costretto ad avvisare Chicco dell'accaduto. Ti faremo sapere quali saranno le conseguenze di questa bravata. E ora tornate pure a lezione.»

Che figata... Mi sembra di tornare indietro negli anni, quando rimanevo a casa con l'influenza e guardavo le repliche di *The O.C.* Questo è ancora meglio perché vedi tutto in anticipo, prima che venga trasmesso su Canale 5.

Sto ancora gustandomi la mia Coca, quando nella stanza entra Garrison: «Mattia lo spettacolo è finito, corri in sala che si inizia a lavorare».

16

Amici mai

Sta per iniziare il mio primo sabato da professionista ad *Amici*. La cosa strana è che oggi verranno anche Giada e Tommaso in trasmissione per promuovere il musical. La strada che ho lasciato e quella nuova si incrociano ancora.

Sono dietro le quinte, vicino ai monitor della diretta, dove Maria e gli autori si siedono durante la pubblicità. Mi metto lì ad aspettare.

Giada e io siamo arrivati qui alle dieci di mattina per le prove. Appena è entrata, le sono corsi incontro Simona, la signora che tiene pulita la scuola, Cheope, il mixer audio, Piero, l'assistente di studio, Sandro, quello che ci ha sempre fatto mangiare bene... Insomma, tutti le vogliono un gran bene. Il suo sorriso però si spegne nel momento in cui entra in studio. Non appena mette piede sul palco sbianca e quando la musica parte, sbaglia intonazione e persino l'attacco del pezzo ballato. Non c'è niente da fare... ogni volta che deve esibirsi ad *Amici* smette di essere una fuoriclasse e torna l'allieva insicura e piena di dubbi che tutti conoscono.

Chicco, un po' preoccupato, la prende da parte e le parla. Il musical è troppo importante per la scuola e la promozione deve essere perfetta. Giada lo ascolta in silenzio e poi ci raggiunge dietro le quinte con gli occhi gonfi di lacrime. Tommaso, invece, è stato bravo. Eppure non appena esce di scena piomba in una tristezza cosmica. Sembra un pesce fuor d'acqua. A volte mi fa quasi pena. Come si fa a vivere con il costante bisogno di essere più furbo degli altri? Di dover vincere sempre e comunque?

«Tommaso, rilassati, si vede troppo che vuoi piacere a ogni costo, sei ridicolo...»

Forse dovevo pensarci prima di aprire bocca, forse ho sbagliato a dirlo, ma mi è venuto tutto fuori così.

«In che senso?» mi chiede lui.

«Be', cerchi sempre qualcuno che ti dica che sei bravo. Guarda che noi lo sappiamo benissimo che sei in gamba... rilassati.»

Tommaso si guarda intorno come un furetto. Cerca uno spazio non occupato e poi mi ci trascina, mettendomi con le spalle al muro. Lo fa con così tanta energia che se la diretta non iniziasse tra qualche minuto, gli tirerei una testata.

«Io sono cresciuto senza un padre accanto... Ho smesso di averlo il giorno in cui è scomparso con il camper dopo aver ritirato dalla banca tutti i nostri soldi. In quel momento a mia madre è crollato il mondo addosso. Ancora oggi prende più antidepressivi che caffè. Io invece sono rimasto in piedi, anzi, quando mi sono reso conto che ci aveva mollato, ho preso la mamma da parte e le ho detto che a lei ci avrei pensato io. I soldi li avremmo trovati. Ed è stato proprio così: ce l'abbiamo fatta. Quello che mi ha ucciso dentro è stato diventare grande senza avere al mio fianco un padre che vedesse quello che facevo a scuola, che sapesse che ero bravo in italiano e scarso in matematica. Un padre a cui confidare che amavo una ragazzina di nome Simona, che però aveva occhi solo per un biondino mezzo addormentato della nostra classe. Mi ha ucciso il fatto di non avere un uomo adulto accanto con il quale confrontarmi, che sapesse quanta fatica mi costava tenere la testa alta quando i miei compagni di scuola parlavano di lui e delle ragioni della sua fuga. Per tre anni di fila non sono mai riuscito a vedere la TV: avevo il terrore che in qualche TG o a *Chi l'ha visto?* parlassero di lui.

Sarà la solita cazzata che si dice, ma nemmeno tutto l'amore della migliore mamma del mondo può sostituire l'abbraccio di un padre. Mi è mancato un padre che mi dicesse, non pretendo "sono fiero di te", ma almeno "bravo". Da quel giorno di novembre di tanti anni fa, da quando mio padre ha deciso di scappare dalle sue responsabilità, io non ho più avuto una certezza che fosse una. Non riesco mai a capire se sono all'altezza delle situazioni, se sono abbastanza in gamba per affrontarle, per questo continuo a dirmelo da solo. Tu però non puoi immaginare quanto ci soffra. Sento sempre di aver bisogno che mio padre, dovunque sia, mi veda e mi dia un suo parere spassionato su quello che sto facendo. Anche un semplice: "Bravo a ballare, un po' meno a cantare" mi basterebbe, te lo assicuro. Quando ero alle elementari, ricordo che lui veniva sempre alle recite scolastiche. Era lì *per me*, mi guardava. Era un punto fermo. Ecco perché ora recito in televisione: ogni volta che mi esibisco spero che lui mi guardi e pensi che sono bravo. Credo di aver voluto partecipare ad *Amici* per mandargli una specie di messaggio nella bottiglia. Una volta tanto, invece di berla, la bottiglia, dovrebbe guardarci dentro... Quello che faccio non avrà mai alcun valore finché mio padre non mi dirà che sono sulla strada giusta. Forse esagero e, hai ragione, mi comporto in modo ridicolo, "da macchietta", ma ora voglio dirti una cosa seria: non sono un cretino, ma uno che è cresciuto da solo, senza una guida. Tu mi puoi capire, Mattia, ne sono certo.»

Io resto in silenzio. Il Tommaso che ho davanti a me ora non è il ragazzo che conosco. È un'altra persona. Mi fa venire in mente uno di quei fiori che, quando li vedi da lontano sembrano anonimi, ma una volta che ti avvicini e li osservi bene diventano bellissimi.

Non penso che io e Tommaso saremo mai amici per la pelle. Quel che so è che faremo un pezzo di strada insieme e che d'ora in poi riuscirò a parlare davvero con lui...

17
La casa delle conchiglie

Giada è sempre più impegnata con il suo musical.

Alla sera, quando ci vediamo al residence, mi descrive tutto quello che è successo durante lo spettacolo, io invece le parlo della scuola. Da qualche tempo, però, ho come la sensazione che qualcosa stia cambiando tra di noi, perché ormai viviamo in due mondi diversi.

Io l'ascolto, sì, quando si lamenta del regista che si è arrabbiato, o mi racconta della crisi di pianto di Erica, ma se proprio devo dirla tutta, in realtà non me ne frega niente. Quel mondo mi sembra ormai distante, privo di interesse. Per contro Giada mi ha chiesto di non parlarle troppo della scuola, perché se no, dice, va in crisi di malinconia. Insomma, gli argomenti di conversazione scarseggiano. Per non dire della fatica che facciamo per stare insieme: i suoi orari sono totalmente diversi dai miei. Lo spettacolo finisce alle undici passate, dopodiché cena con la compagnia. Morale: non arriva mai al residence prima dell'una. Io alle otto ho già finito e il più delle volte devo cenare da solo, al ristorante del residence. È di una tristezza infinita, ve lo posso assicurare. Ci metto poco più di dieci minuti, giusto il tempo di spedire tutti gli SMS della giornata. Poi torno in camera, schiaccio un pisolino, faccio una doccia e infine mi butto sul letto con la TV accesa. E aspetto Giada.

Quando arriva, di solito lei ha ancora l'adrenalina a mille, parla a macchinetta, quasi senza respirare, si spoglia lasciando i vestiti in giro per la stanza, un po' come Pollicino con le molliche di pane, e si infila nella doccia. Giada è bella, e ogni volta che la vedo mi fa sempre lo stesso effetto, non riesco a farci l'abitudine.

In questo esatto momento lei mi sta raccontando che Tommaso ha sbagliato la tal battuta, che a Vanessa, durante una coreografia, è partito il bottone della camicetta facendole uscire una tetta. Ma a me non interessa. Penso solo che fra meno di sette ore il mio cellulare suonerà per dirmi che è iniziato un nuovo giorno e io, quatto quatto, nel silenzio della nostra stanza, dovrò scivolare in bagno, farmi una doccia e vestirmi al buio per non svegliarla.

«Tu mi ami ancora?» le chiedo a bruciapelo.

«Teso', che stai a di'. E adesso perché te ne esci con 'sta cosa?»

«Non so, a volte sembriamo così distanti, sembriamo una di quelle coppie che stanno insieme da una vita e fanno finta che tutto è come all'inizio. Capisci che cosa voglio dire? Tu lo sai che io non vorrei per nulla al mondo che succedesse qualcosa tra te e me. Ma nemmeno che fingessimo una serenità che non c'è più. Non vorrei che continuassimo a stare insieme solo per paura di affrontare questioni e problemi che crediamo più grandi di noi...»

Giada si gira. Mi dà le spalle, ma vedo che piange, il suo corpo sussulta. A un certo punto fa finta di raccogliere delle cose per terra e subito dopo scappa a chiudersi in bagno.

La seguo e mi appoggio alla porta. Mi torna in mente *Ghost*, e, come fa Demi Moore nel film, appoggio una mano al centro della porta. Mi piace credere che lei stia facendo la stessa cosa dall'interno, anche se forse queste cose succedono solo nei film. Ripenso anche al discorso che mio padre mi ha fatto l'anno scorso, quando mi ha spiegato che l'amore è come il lento percorso di due navi che viaggiano sulla stessa rotta, contando l'una sulla scia dell'altra, ma che, a un certo punto, possono anche cambiare rotta e dividersi. No, non voglio. Respingo l'idea. Con Giada io voglio ancora navigare.

«Ehi» le dico da dietro la porta, «dài, aprimi.»

Non parla, ma se accosto l'orecchio alla porta, la sento singhiozzare.

«Dài, apri, parliamone.»

Ecco il *tac* della chiave.

Apro la porta.

Lei è seduta sul WC. Sta piangendo.

«Guarda che ti ho fatto solo una domanda, non volevo insinuare nulla... veramente» le dico per rassicurarla.

«Mattia, io ti conosco, e so quanta fatica fai a dire le cose. Tu parli solo dopo averci pensato a lungo, solo se sei messo alle strette: è questo che mi fa paura. Non è vero che il problema non esiste, che la tua era una semplice domanda. Forse sei tu che mi devi rispondere, sei tu che mi devi dire se mi ami ancora.»

Mi avvicino a lei. La faccio alzare in piedi e comincio a spogliarla piano, e a baciarla. Qualche istante dopo siamo sotto la doccia ancora mezzo vestiti. Ridiamo, ci baciamo e ridiamo come pazzi mentre l'acqua ci investe con il suo getto. So a che cosa state pensando, ma levatevi pure dalla mente qualsiasi immagine da film porno: in questo momento tra me e Giada c'è solo affetto e complicità, qualcosa che a me piace chiamare "amore".

Il giorno dopo, al lavoro, mentre sto preparando una coreografia per la sfida di sabato prossimo, mi arriva un messaggio sul cellulare. Sento il *bip bip* ma non oso andare a controllare: mi è rimasta la paura che Chicco venga in sala a ritirarmelo, anche se a noi professionisti è permesso tenerlo acceso durante il giorno. Perciò aspetto la fine dell'ora prima di guardare chi mi ha scritto.

AMO', OGGI È LUNEDÌ, GIORNO DI RIPOSO. FESTEGGIAMO?

Rispondo subito:

COSA DOBBIAMO FESTEGGIARE?

Arriva subito un nuovo messaggio:

TU FATTI TROVARE ALLE NOVE IN VIA BEVAGNA 12

Rispondo immediatamente:

E CHE C'È LÌ?

Un nuovo SMS:

BASTA PAROLE... VIENI E STOP!

Che cosa avrà in testa?

A fine lezione faccio una doccia veloce nel nostro spogliatoio, ma il problema è che con me non ho vestiti eleganti o almeno presentabili, ho solo la tuta e la mia solita giacca di pelle; speriamo che l'appuntamento non sia in un ristorante, se no farò la figura del barbone: lei tutta agghindata e io vestito come un poveraccio.

Arrivo al posto che mi ha indicato. Lei è già là, ma non c'è nessun locale al civico 12. C'è soltanto un palazzo con un cancello bianco.

«Quindi, dov'è la sorpresa?» chiedo incuriosito, baciandola.

Lei prende dalla borsa una bandana, mi copre gli occhi e mi dice: «Dammi la mano e lasciati guidare... Ti fidi di me?».

«Piantala, dài, e poi non siamo sul *Titanic*» le rispondo ridendo.

«No, bello, semmai *tu non sei* DiCaprio!»

Sento un cancello che si apre. Camminiamo per circa venti-trenta metri, saliamo degli scalini, entriamo da qualche parte, poi ancora scalini. Direi che ci troviamo ancora fuori, all'aperto, sento persino l'aria sulla faccia. Camminiamo ancora per un po'. A un certo punto Giada lascia andare la mia mano e mi chiede di aspettarla lì. Sento come un rumore di catenaccio, un portone che si apre.

«Vieni» mi dice riprendendomi la mano.
Entriamo nel luogo misterioso.
Giada si allontana nuovamente da me. Dopo un istante ritorna, sento le sue mani sul mio viso mentre in tutta la stanza suona la nostra canzone:

> E quando non ci sei ho paura di cadere / e adesso che ci sei ho paura di sentire... / tante le emozioni, che ho voglia di scappare via... / fa' che non sia presto, fa' che non sia mai / troverò il mio posto se mi aspetterai...

Finalmente mi leva la bandana: «Benvenuto nella nostra casa, la casa delle conchiglie».
Quando apro gli occhi, davanti a me vedo una specie di garage: un salottino, un letto matrimoniale, un piano di cottura e uno stanzino, probabilmente il bagno.
«Che cos'è, Giada?»
«Il nostro rifugio, per ora ovviamente, solo nostro. Niente più residence, niente più ristorante. È di mia cugina. Qualche anno fa lo ha trasformato in un piccolo loft... Senti, lo so che non è un granché... ma capisci, è solo nostro. MIO e TUO!»
«E queste conchiglie?» le chiedo indicando i tantissimi gusci che decorano le pareti.
«Le hai riconosciute? Sono quelle che abbiamo raccolto in Sicilia, anche queste mie e tue... Dài abbracciami, e promettimi che da oggi ricominciamo.»
Ci abbracciamo in quel mare di conchiglie.
«Ah... no, che scemo, porta malissimo.»
«Che cosa???» mi chiede lei.
«Fuori di qui, subito... corri!»
Usciamo, lei non capisce e mi guarda con i suoi occhioni di Nutella. Io la sollevo e mi dirigo verso il portone: «La sposa deve entrare in casa in braccio al marito, no?».

18

"Maledetta Sky!"

Siamo tutti in studio per le prove.

Domani ci sarà una sfida di ballo.

Roberta è in sfida.

Se la caverà alla grande, ne sono certo.

Quando si è trattato di decidere gli accoppiamenti professionisti-allievi per le coreografie, Steve non ha avuto dubbi. Ha detto subito che io e lei avremmo ballato insieme. Maria, in diretta, gli ha chiesto come mai, visto che Roberta è alta quasi quanto me. Steve ha difeso la sua scelta dicendo che tra noi c'è una bella energia.

Sì, proprio una gran bella energia.

Il pezzo non è molto difficile, una volta tanto Steve ha inserito poche prese, forse perché non si fida ancora del tutto di me. Nella coreografia c'è un passaggio in cui io tengo Roberta per mano, poi lei si allontana e, girando su se stessa, ritorna da me, le gambe attorno ai miei fianchi e la faccia sul mio petto. Balliamo su un pezzo dei Negramaro, che a un certo punto dice:

> Bocca dentro bocca e non chiederti perché / tutto poi ritorna / in quel posto che non c'è dove per magia / tu respiri dalla stessa pancia mia...

Un paio di volte ci sfioriamo persino le labbra. Ogni volta che succede mi sforzo di pensare alle cose più brutte che possano esistere al mondo per non fare caso alla sua bocca profumata e non baciarla.

Giada è in tournée.

Anche se mi ha giurato e spergiurato che lei e Tommaso non si baciano per davvero in scena, io ho sempre in testa l'immagine di lui che a ogni replica del musical la bacia come farei io. Dopo la prima ne abbiamo parlato a lungo, ma solo perché mi ci ha costretto Patrick. «Mi fate ridere voi due: siete talmente puliti e innocenti da essere persino ridicoli...» Insomma, ci siamo chiariti, anche se all'inizio le ho fatto una scenata pazzesca. Però, da come piangeva, ho capito che mi ha raccontato la verità, che non l'ha baciato davvero e, se l'ha fatto, non succederà più. Sembra che il regista glielo volesse imporre, ma lei non ha obbedito. A quanto pare però il regista ci è cascato, come me del resto.

Io e Giada ci sentiamo ogni giorno per telefono. Ora è in Sicilia... Catania per la precisione. So che dovrei, ma non riesco a controllare la mia gelosia. Addirittura, oggi, mentre giravo in motorino, ho visto passare una macchina targata Catania: l'ho inseguita e al primo semaforo l'ho affiancata per guardare dritto negli occhi chi la guidava. Quello avrà pensato che sono pazzo...

Passo a due di Steve. Tocca a noi. Roberta sembra realizzare solo ora che domani sarà in sfida. Mi stupisce vederla finalmente impaurita. Durante le prove della settimana, a microfoni aperti, non ci siamo parlati quasi per niente e nemmeno fuori dalle prove... Anche a volerle telefonare non potrei, ai professionisti è vietato avere rapporti extrascolastici con gli allievi, men che meno quando sono in sfida. Comunque, nei giorni scorsi non mi sembrava affatto che avesse paura. Anzi, mi provocava quasi, nel suo modo sottile e gelido. Una mano passata leggera sulla mia bocca alla fine di un cambré, il seno appoggiato sul mio braccio appena prima di iniziare...

Ora è diversa. Ora percepisco la sua paura.

Parte la musica, sento il suo sudore, la sua fatica. Quando ci troviamo vicini dopo le nostre diagonali, ha il respiro affannato. Fa due passi indietro e prepara l'unica presa della coreografia, fa un grand jeté e io la prendo in modo forte e deciso e la sollevo a mezz'aria, poi lei rimette giù il piede – forse la lascio troppo presto – e un istante dopo la vedo a terra, dolorante. Lo ha appoggiato male, forse si è procurata una distorsione alla caviglia.

Steve corre a vedere che cos'è successo, arriva anche il cameraman di Sky – stanno trasmettendo in diretta le prove –, che sistema il microfono a Roberta, prima ancora di capire che cosa si è fatta. Io sono là, vicino a lei, in piedi, fermo.

«Scusa, Roberta! Forse ti ho mollato troppo presto» le dico, sinceramente dispiaciuto.

Lei mi guarda e mi risponde con un sorriso: «No, ho sbagliato io, Mattia». La sua faccia è bianca bianca, eppure ora percepisco in lei una dolcezza che non avevo mai notato prima. Mi sembra un angelo ferito.

Steve le tocca la caviglia e lei lo lascia fare. Non deve essere niente di grave, se no urlerebbe dal dolore.

Io mi sento tremendamente in colpa. Il compito di un ballerino è quello di far splendere la sua partner, io invece l'ho acciaccata. Quando arriva il fisioterapista, rimango in sala insieme a Steve. Roberta appoggia la testa sulla mia coscia, mentre io con una mano le accarezzo i capelli e con l'altra stringo la sua.

È ancora agitata, vorrebbe piangere, si vede. Cerco di tranquillizzarla. Lei respira piano ora. Fa un impercettibile movimento della testa e con la bocca mi sfiora la mano. Mi dà un bacio piccolo, come per ringraziarmi, per dirmi che non è colpa mia se si è fatta male... Continuo ad accarezzarla e, quando il fisioterapista dice di portarla via, la prendo in braccio e mi incammino verso gli spogliatoi. Roberta ha un braccio attorno al mio collo, le sue dita mi accarezzano la nuca, facendo dei piccoli movimenti simili a mille carezze. La telecamera ci segue. La faccio sedere su una panchetta. Lei mi sorride e io le mando un bacio con la mano come a dire: "Adesso vai in clinica e vedrai che non hai niente".

Arriva Verdiana: «La prossima volta mi faccio male anch'io se il premio sono le coccole di Mattia». Io esco sorridendo. I registi stanno seguendo tutto. Luca mi si avvicina e dandomi una pacca sulla spalla mi dice: «Ora tutta Italia sa che sei un gentiluomo, Mattia». Non sa quanto mi faccia piacere quella frase. Tutta Italia...

Uscendo dalla scuola saluto Leon e José e me ne torno a casa. Trovo il portone socchiuso. Nella stanza c'è la musica a tutto volume. Ligabue. Ascolto le parole della canzone e intanto guardo se trovo il mio amore. Sarà tornata per farmi una sorpresa.

> Ho messo via un po' di illusioni / che prima o poi basta così / Ho messo via un po' di consigli / ... perché a sbagliare / sono bravissimo da me...

Nella stanza non c'è nessuno.

> Ho messo via un bel po' di cose / ma non mi spiego mai il perché / io non riesca a metter via te...

Giada non c'è, però sento il suo respiro, la sua presenza. Apro la porta del piccolo bagno e la trovo seduta sul WC, con una mia maglietta bianca che le arriva fino alle ginocchia, la testa appoggiata al muro. Sembra una statua. In mano ha una lettera; si capisce che è viva solo perché le labbra si muovono e ripetono le parole della canzone. La lettera le scivola dalla mano e atterra piano piano sul pavimento. Cade anche una foto, che probabilmente era dentro la busta. Lei guarda fisso davanti a sé, verso un punto indistinto. Su una guancia c'è una lacrima, di quelle che non cadono, immobile, quasi fosse di ghiaccio. Non parla. Le accarezzo via la lacrima. Poi raccolgo la lettera per cercare di capire che cos'è successo. Lei è fragile, è vero, ma non si butta a terra così, di solito. C'è solo una cosa che la rende così indifesa. Raccolgo anche la foto che è caduta: dietro c'è scritto: "per mia figlia".

Leggo la lettera.

Prima di dire qualsiasi altra cosa, vorrei spiegarti che questa foto è un simbolo di quello che più odio di me. Vedi la data che ci ho scritto sopra? 7 febbraio 1981. Quel giorno firmavo una cambiale con l'inferno. Ci sono stato, all'inferno, ma sono anche tornato. Se adesso sono un uomo diverso, lo devo a due persone. Una è in Cielo ed è nonna, l'altra sei tu.

Questa foto rappresenta il male che ho fatto nella vita: l'aver distrutto la mia famiglia e tradito le persone che amavo. Rappresenta anche il tempo che non ho dedicato a te, Giada, quello che mi sono perso della tua vita: il primo dentino caduto, il Natale, le vacanze al mare... Per questo odio con tutto me stesso questa foto.

Mi è costata un'immensa fatica tirarla fuori, ma è uno sforzo che volevo fare. Desidero che tu la distrugga perché ora sento l'esigenza di una boccata d'aria pura, aria nuova... pulita. Per la prima volta intravedo un futuro per noi, io e te in partenza per un mare sconosciuto, dove c'è un padre che finalmente smette di fare il bambino...

Mi sono perso tutto di te piccola. Non potevo e non riuscivo a dirti che ti volevo bene, perché, per farlo, dovevo prima avere il coraggio di raccontarti la verità sulla mia vita. Ma tu, la verità, l'hai sempre saputa. E nonostante questo mi hai sempre accettato per quello che ero, senza farmi mai sentire marcio. Non sono mai riuscito a trovare le parole per dirti grazie. Troppe volte ho pensato di non meritarmi il tuo amore, soprattutto quando ho capito che il tuo non era un amore scontato, quello che ogni figlia crede di dovere al proprio padre. Tu mi capivi e mi accettavi, al di là del rumore di chi parlava a sproposito, oltre le chiacchiere, al di là delle bugie.

Non sai quanto mi sono aggrappato all'SMS che mi hai spedito un giorno. Ti avevo scritto: "Sei la mia vita". Per la prima volta non avevo iniziato il messaggio chiedendoti dov'eri e cosa stavi facendo. E tu mi hai dato la vita, rispondendomi con due semplici parole: "Anche" e "tu". "Anche tu." Lo devo a te se sono ancora vivo.

Forse non sai che quando sento gli altri parlare di te, mi prende un groppo alla gola e devo mordermi il labbro per non piangere. Quando ti vedo, in televisione, che lotti per il tuo futuro come io non sono mai riuscito a fare, vorrei tanto essere al tuo fianco.

Forse non sai che, prima ancora di costruirla nella mia casa, una stanza per te l'avevo dentro di me; uno spazio dove respirarti.

Forse non sai che sei tu il mio ostacolo più difficile da superare, perché con te non posso barare, non posso mentire. Perciò è merito tuo se penso di poter diventare una persona migliore. E non credo che esista un regalo più grande.

Quando sei nata ho pensato che mi avresti fatto cambiare strada. Invece è andato tutto storto. Più tua madre diventava una brava mamma, più io cercavo di essere il peggiore dei papà. Quando scendi veramente in basso, provi un sottile godimento a sentirti ancora peggiore di quello che sei...

Sono stato un bastardo, lo so, ma credimi: tu dalla mia testa non sei uscita nemmeno un secondo. Nemmeno a Natale, quando, guardando le famiglie festeggiare, pensavo che noi invece per vederci dovevamo quasi prenotarci, come si prenota il campo per giocare a tennis. Tu passavi le feste con la mamma e chi le stava accanto e io non mi facevo sentire per non rovinartele.

Poi mia madre si è ammalata e mi ha fatto capire che non c'è bisogno di andarsi a cercare il male, perché il male viene da sé, fa parte del gioco. Quando se n'è andata, ho detto basta. Anche quel giorno tu c'eri.

Ci sei anche adesso, in televisione. E io ti vedo quando studi a memoria un monologo, quando balli e uno del pubblico dice che non hai espresso abbastanza. Quando invece qualcuno dei professori – non mi sono mai piaciuti, lo sai, i maestri – dice che sei intelligente, che sei bella, non sai quanto ci godo...

Io ti ho bruciato il passato, è vero, ma vorrei darti un futuro. Devi studiare, continuare a imparare, devi avere il meglio della vita, il peggio te l'ho già mostrato.

Nella mia casa, c'è da sempre una stanza per te. Non ti chiedo di abitarci, ma solo di pensarla come un nido dove da adesso in poi troverai cibo e calore, affetto e comprensione.

Io, per me, ora non chiedo nulla, vorrei solo non esser stato schiavo della droga. Non so se leggendo queste parole piangerai, io non ti ho mai visto piangere, anche se di motivi per farlo te ne ho dati tanti; in fondo un po' mi farebbe piacere perché vorrebbe dire che mi vuoi ancora bene, ma mi dispiacerebbe anche. Perché vorrebbe dire che dentro di te c'è ancora sofferenza.

Ho visto la puntata di *Amici* in cui hai fatto vincere Mattia. Sei la prova che il male non dura sempre, che tutto può ricominciare.

Brucia questa foto per favore...

Non ti chiedo di poterti incontrare ora, non sono ancora abbastanza pulito per respirare la tua stessa aria. Ma lo sto diventando. Non ti chiedo di venire a trovarmi a casa. Ma inizia a pensare che tra poco avrai un padre.

Non mi interessa quanto famosa diventerai e quanti soldi potrai guadagnare. La cosa più bella che potevi fare l'hai già fatta. Mi hai regalato un po' di fiducia per quello che sarà il nostro futuro.

A presto, cucciola.

Sei la persona più importante della mia vita.

Ti voglio bene,

papà

Finisco di leggere la lettera e do di nuovo un'occhiata alla foto. Mi avvicino a Giada, la mia piccola Giada che stamattina era a Catania e ora è tornata da me per dirmi che ha appena ricevuto una lettera di suo padre.

Finisce la canzone di Ligabue, e il CD.

Mi accorgo che il televisore, alle mie spalle, è acceso. Stanno mandando la striscia quotidiana di *Amici* su Sky. Le prove di oggi stanno per finire. Tocca ai cantanti. Tra i banchi, vicino ad Alessandro, vedo Roberta. Ha il piede sollevato su una sedia e una borsa del ghiaccio sulla caviglia.

"Meno male, sta meglio" penso, ma subito vengo distratto da uno schiaffo che mi arriva sui denti.

Giada piange tenendosi la mano con la quale mi ha colpito.

«Sei uno stronzo! E quella Roberta che si fa male così non fa la sfida e intanto si fa coccolare da Mattia mi fa schifo! Ti ho visto... l'hanno dato in diretta.»

Io cerco di calmarla, ma lei svicola: «Non mi toccare... Con quella mano le accarezzavi i capelli neanche mezzora fa. Sei un bastardo».

Cazzo, ha visto tutto...

Provo a spiegarle che non c'era niente di male in quelle carezze, che l'ho fatto solo perché mi sentivo in colpa per la caduta. Non mi fa nemmeno parlare. Quando piange io non riesco a ragionare.

«Perché mi vuoi sempre vedere distrutta, perché volete sempre vedermi distrutta? Tu e mio padre siete uguali. Tanto io resisto a tutto, vero? Volevo farti una sorpresa, e poi avevo bisogno del tuo aiuto... Volevo leggerla con te la lettera che mio padre doveva scrivermi da una vita. Non volevo spiarti... Mentre ti aspettavo ho acceso la TV e... non sai che spettacolo è stato vedere le tue dita accarezzare i suoi capelli e lei che baciava la tua mano. Voi, tu e papà, pensate di avere tutto il tempo del mondo per darmi sicurezza e certezze, vero? Perché finora non avete fatto che regalarmi lacrime e paura. Io non so se ce la faccio a sopportarlo... Voi siete in due, io sono sola!»

Poi mi scansa, esce dal bagno e si butta sul letto. Singhiozza.

Mi sento uno straccio, ma so che non ho fatto niente di male...

Maledetta Sky!

Mi avvicino al letto.

Giada ha chiuso gli occhi.

Quando piange, si stanca così tanto che si addormenta subito. Mi sdraio vicino a lei e la abbraccio stretta stretta. Voglio essere la prima cosa che vedrà quando si sveglia.

Come ti amo, Giada.

Glielo sussurro.

«Anch'io.»

Le sue labbra bagnate dal pianto lasciano uscire queste parole.

Le do un piccolo bacio sulla bocca. Lei si rannicchia come un feto contro di me.

Io la difendo.

Dal mondo e da noi.

Suo padre e io.

19

Il giallo del libretto

Quest'anno, a partire da ottobre, i ragazzi sono stati divisi in due gruppi: la squadra del sole e quella della luna.

Ogni sabato si sfidano a colpi di coreografie, canzoni e pezzi recitati per guadagnare – questo è il premio per chi vince – l'immunità alla sfida per i propri componenti. Sono un po' di sabati che a perdere è sempre la squadra della luna capitanata da un'attrice, Chiara, una piccoletta pugliese molto brava e preparata che, però, a volte non mi piace. Fa troppo la maestrina, la "so tutto io" e poi è poco spontanea.

Ora che guardo tutto da fuori, capisco perfettamente quello che ci spiegavano Chicco e Luca l'anno scorso. È così: attraverso la TV si ha una percezione diversa delle persone. Chiara è proprio l'esempio più calzante. Quando ci lavoro in sala mi piace: è scrupolosa, attenta, ironica, ma quando sono qui in villa e la osservo dai monitor sembra quasi finta. Dispensa consigli come fossero caramelle. Ieri durante una discussione in sala relax, per evitare il caos, si è messa di sua spontanea volontà a fare la moderatrice. Ha preso una bottiglia di plastica in mano e, manco fosse una vigilessa della parola, la consegnava a chi, secondo lei, doveva parlare in quel momento. 'Sta cosa proprio non mi è piaciuta e, come a me, sarà successo lo stesso con il pubblico a casa. Infatti è in fondo alla classifica di gradimento.

In questi giorni l'attenzione è concentrata su Christian, un cantante sardo della squadra della luna. Per me è davvero un fulminato! Ha un timbro bello, non dico di no, una voce roca in un corpo magro ed esile, però è tutto tranne che uno "studente modello". I prof non ne possono più del suo atteggiamento poco serio e quella più accanita sembra la Di Michele, che non perde occasione per rimproverarlo in trasmissione e fuori. Lui ribatte sempre alle critiche di Grazia, con quel suo modo di parlare che fa tanto Valeria Marini. Lei gli spiega più e più volte cosa intende dire, ma lui niente, tira dritto per la sua strada, è più cocciuto di un mulo.

Quest'anno nella scuola c'è una novità: le interrogazioni a sorpresa! Durante la giornata, mentre i ragazzi sono sparpagliati nelle varie aule per seguire le lezioni, capita che suoni all'improvviso una sorta di sirena. A quel punto devono mollare le attività del momento e andare in sala relax. Una volta là, sul televisore della stanza compare il nome della persona che deve sostenere un esame sulla propria materia davanti alla commissione.

Proprio come sta capitando ora.

Fino a qualche istante fa ero in sala danza con Alessandro e Dany, poi è partita la sirena. Loro due sono corsi in sala relax, io, ovviamente, mi sono fiondato in villa a godermi lo spettacolo dai monitor.

I ragazzi sono tutti davanti al video e fanno congetture su chi sarà la vittima di oggi.

«Raga', me lo sento. Me lo sento troppo, tocca a me questa volta» non fa che ripetere Roberta.

Una cosa che ho notato da quando sono fuori dalla scuola è che i ragazzi che ne fanno parte si sentono tutti veggenti. La frase più usata, infatti, è "Me lo sentivo". Ma ti sentivi cosa???!!! Se siete così tanto bravi perché non prevedete anche le vostre posizioni in classifica, così non fate quelle scene quando poi le leggete?

Comunque, sul video in questo istante compaiono i nomi di Simone, Christian e Pietro. Ovvero, per capirci, il Ricky Martin del Sud, il sardo e Little Tony.

Luca entra in sala relax e dice loro di andare in studio con il libretto dei voti. Simone e Pietro l'hanno già in mano e si avviano. Christian sparisce nello spogliatoio. Dopo un po' che lo aspetta nel corridoio, Luca grida il suo nome. Nessuna risposta. Passa qualche minuto e Christian, con la faccia da cane bastonato, esce dallo spogliatoio e confessa di non riuscire a trovare il libretto.

«Ero sicuro, era lì, l'avevo lasciato lì dentro.»

«Ma a chi vuoi che interessi il tuo libretto, scusa?» gli chiede Luca.

«Non lo so, magari qualcuno vuole farmi un dispetto...»

«Stai accusando i tuoi compagni?»

«No... Sto dicendo che io dall'armadietto dello spogliatoio non l'ho spostato e poi che ne so... non ci sono solo i miei compagni qui.»

«Christian, adesso che cosa vuoi insinuare, che gli insegnanti oppure io o Chicco abbiamo sottratto il tuo libretto?»

«No, che c'entra, non ci siete solo voi, ci sono anche le signore delle pulizie...»

«Be', certo, le signore delle pulizie ieri mi hanno fermato in corridoio e mi hanno implorato di dar loro il tuo libretto, per metterlo sul comodino e, appena sveglie, leggere i tuoi voti, ma visto che io mi sono rifiutato, hanno pensato bene di rubarlo... Già, questa è sicuramente la pista più sicura.»

«Lo vedi che a tutto c'è una spiegazione?»

«Ma non hai capito che ti sto prendendo in giro, Christian? Come fai a credere a una storia del genere?»

«Io so solo che il libretto stava lì e quindi non c'è altra spiegazione: me l'hanno rubato.»

«Come la settimana scorsa, ricordi? Peccato che poi Chiara l'abbia ritrovato nella tua borsa. Questa è la seconda volta in due settimane che lo perdi, ma visto che non sei capace di assumerti le tue responsabilità, insisti con la storia del furto. Sai che c'è? Ho la sensazione che il libretto stia da un'altra parte...»

«Tu pensi sempre male di me, sei prevenuto, Luca.»

«No, Christian, non sono prevenuto, semmai sono obiettivo. Da quando sei qui, ti sembra di aver avuto un comportamento impeccabile?»

«In che senso?»

«Christian, io vi guardo tutto il giorno dai monitor, e sai che cosa ho visto finora? Christian che alla mattina si dimentica l'MP3, Christian che rompe il totem della sua squadra, Christian che da Grazia arriva sempre senza quadernone per gli appunti eccetera eccetera. Queste mi sembrano cose oggettive, sei d'accordo?»

«Ma è sempre stato così, anche da piccolo perdevo penne e quaderni...»

«Smettila di giustificarti, voglio solo che tu mi risponda. Tutte queste cose sono oggettive sì o no?»

«Sì.»

«È oggettivo che ora hai perso il libretto?»

«Non l'ho perso, me lo hanno rubato...»

«Ah già, è vero, sono state le donne delle pulizie. Senti, Christian, sono stanco di stare qui a perdere il mio tempo con te.»

«Lo vedi? Tu ce l'hai con me...»

«Guarda che non ho niente di personale con te, se tutto questo lo avesse combinato un altro starei qui a fare lo stesso discorso con lui.»

«Quindi?»

«Quindi racconterò a Chicco l'accaduto e la commissione deciderà il da farsi. Sono davvero stanco del tuo atteggiamento. Meno male che non faccio parte della commissione, altrimenti...»

«Altrimenti?»

«Altrimenti alle parole farei seguire dei fatti, tutto qui!»

«Vedi che ho ragione, allora? Tu ce l'hai con me!»

«Sì, Christian, hai ragione. Io ce l'ho con te» dice Luca uscendo dalla sala relax.

È la prima volta che lo vedo così alterato, solitamente è Chicco quello che perde le staffe. La sua ira è palpabile. Quando rientra in villa ha il viso ancora contratto. Si siede alla scrivania e guardando Christian sul monitor gli scappa: «Quello proprio non ce la fa. Non capisce proprio...».

«Mattia DOVE SEI ???!!!» urla Garrison entrando nella stanza dei monitor.

«Oh, scusa... È che quando vengo qui, mi perdo...»

«Corri in sala, *Beautiful* è finito per oggi.»

Obbedisco. E me ne vado a malincuore, lasciandomi alle spalle tutte quelle storie appese ai monitor.

20
La lontananza sai è come il vento

La lontananza sai è come il vento / che fa dimenticare chi non s'ama / è già passato un anno ed è un incendio / che mi brucia l'anima...

Sono sempre in villa e dai monitor spio i ragazzi. Il tormentone di quest'anno è "Ti bruciaaaaaa?!", da dire rigorosamente con il pugno che si apre a intermittenza, tipo freccia della macchina, verso l'alto. L'ha inventato Elisa-Christina Aguilera un sabato pomeriggio, dopo che è riuscita a battere Verdiana, la milanese. Da allora questa espressione è sulla bocca di tutti. Ogni volta che uno dei ragazzi esprime un giudizio su un compagno, quel che segue è tutto un "Ti bruciaaaaaa?!", "Ti bruciaaaaaa?!".

Ascolto Verdiana cantare una canzone che non avevo mai sentito prima e subito penso a Giada. Sono ormai tre settimane che non la vedo e mi manca.

Mi manca quando la sera torno alla nostra casetta delle conchiglie, infilo la chiave nella toppa e sento il silenzio dall'altra parte.

Mi manca sotto la doccia.

Mi manca nel nostro lettone basso.

Mi manca quando mi addormento da solo mentre cerco, braccia sotto la testa, di visualizzare la sua immagine sul soffitto.

Ora si trova a Milano, ci starà per altri tre giorni. Dopo andrà a Firenze. Questa sua avventura, il musical, sta mettendo a dura prova il nostro amore.

Ieri per un lungo e interminabile minuto non sono riuscito a ricordarmi la sua faccia. E questo mi ha mandato nel panico.

Ero a lezione, con me c'erano anche Roberta e Dany.

Roberta non faceva che stuzzicarmi: con la scusa di provare la presa a elicottero di Steve mi metteva le mani dove non poteva e poi con un sorriso malizioso mi chiedeva scusa. Pure Dany si è accorta che lo faceva apposta, tanto che a un certo punto le ha persino detto: «Come mai a me non capita? Forse sei tu a volere che succeda, no?».

È stato allora che mi sono imposto di pensare a Giada, ma, per quanto mi concentrassi, nella testa non mi compariva nessuna immagine. Questo mi ha spaventato tantissimo. Com'è possibile che non riesca a ricordarmi il volto della mia Giada?

Ho chiesto a Steve il permesso di uscire dall'aula per andare in bagno. Invece sono andato in camerino, ho acceso il cellulare per vedere alcune foto di Giada: ce n'è una scattata a Como dalla mia mamma e anche una che le ho fatto io mentre era sotto la doccia. Quella volta, per prenderla di sorpresa, avevo scostato la tenda della doccia all'improvviso: lei ha un'espressione troppo buffa, i capelli appiccicati alla testa. Si copre il seno con la mano. Apro anche i file musicali e sento la sua voce che mi canta una ninnananna, la stessa che mi cantava ogni sera attorcigliandomi i riccioli sulla fronte. Non l'ho mai ascoltata sino alla fine, sono sempre crollato prima:

A come avventura
B come bravura
C come canaglia che con me verrà in questura
D come diamante
E come elefante

F è quel furfante che in galera porterò
G c'è tanta gente
H non c'è niente
Immediatamente alla I passerò
L l'animale
M meno male
N è già Natale e tanti doni porterà
O come orco
P come Pinocchio
Q questo ranocchio che stasera mangerò
R come Roma
S come strada
T tutte le strade che a Roma porteranno
U che bella storia
V vi ho raccontato
Z ho tanto sonno e a dormire me ne andrò.
Sotto le lenzuola tutte le parole fanno capriole e un'altra storia inventerò.

«Che cosa stai facendo Mattia? Ti sei ammattito?»

Beccato!

«No, Steve, solo una botta di nostalgia... tutto qui.»

«Dov'è lei oggi?» mi chiede.

«A Milano. Cazzo, Steve, non mi passa per niente! Secondo te se chiedo alla produzione un giorno libero potranno esserci problemi?»

«Non credo. Tu provaci, alla peggio ti dicono di no.»

«È che la settimana prossima sarà a Firenze... Magari potrei andare a trovarla...»

«Ottima idea. Devi solo chiedere a Chicco.»

Torno a lezione, ma trovo la sala vuota. Vengo a sapere che Grazia Di Michele ha indetto un'assemblea straordinaria in studio con tutta la commissione e i ragazzi.

La febbre di sapere ormai si è impadronita di me, quindi corro subito in villa per capire che cosa sta succedendo.

Christian, quello del libretto "rubato", è davanti alla commissione e Grazia sta spiegando il motivo della convocazione. Pare che lei non sia assolutamente contenta del rendimento del cantante sardo. Prima di parlare, così dice, ha voluto aspettare un po' di tempo, con la speranza che la situazione cambiasse, ma ora è giunta alla conclusione che la cosa più giusta da fare sia mettere in discussione il banco di Christian.

Eeeeeeh?

Che cos'è 'sta novità?

La Di Michele ha persino selezionato dei filmati per dimostrare alla commissione che quello che dice non è frutto della sua fantasia. In un primo video Christian, dopo aver cantato in modo pietoso e aver ascoltato la lunga lista degli errori commessi, non ancora soddisfatto, chiede a Grazia: «Ok, ma per il resto come andava?». Certo che ha una gran faccia tosta quel ragazzo! È come se io, dopo aver ballato un pezzo senza essere mai andato a tempo, avendo sbagliato una presa e dimenticato un otto chiedessi a Steve: «Ma il resto com'è?».

In un secondo filmato Christian si rifiuta di cantare le canzoni in inglese che gli stanno proponendo perché, sostiene, lui non conosce l'inglese e non canterà mai canzoni in quella lingua. Nell'ultimo filmato, durante la preparazione di un'interrogazione, nel corso della quale a ogni ragazzo viene chiesto di inventare un rap sul tema dell'amore, sbadiglia per tutto il tempo.

A questo punto Grazia invita la commissione a riflettere sulle reali possibilità di Christian di migliorare, di cambiare il suo atteggiamento, che pare frutto non tanto di un periodo particolare della sua vita, ma piuttosto di un modo di essere che non può essere modificato in alcun modo. Per farla breve, la Di Michele chiede alla commissione di valutare se è il caso che Christian rimanga nella scuola oppure che lasci il banco a qualcun altro.

Accidenti, Grazia sembrava una iena. Mi sa che la carta dell'"ammazzAmici di Maria" se la giocano lei e la Celentano quest'anno.

«Non sono d'accordo» proclama Luca Jurman, un nuovo acquisto tra gli insegnanti della scuola. È arrivato solo da qualche giorno ed ecco che, colpo di scena, prende la parola.

«Io sono qui da poco, ma se posso dire la mia, trovo che Christian sia un talento indiscusso. Ha un timbro di voce fuori dal comune e, se mi venisse data la possibilità di produrre uno di loro in questo momento, be', non avrei dubbi: punterei tutto su di lui. Forse, scusate se mi permetto, fino a oggi con lui sono stati usati metodi di insegnamento sbagliati.»

Grazia fa una smorfia e strabuzza gli occhi quasi stesse per esplodere: «Intendi dire che il mio modo di insegnare è sbagliato?».

«Credo solo che con Christian occorrano altri metodi.»

«Be', allora sai che facciamo? Visto che io da Christian non ci ho cavato un ragno dal buco, accomodati, è tutto tuo. E tu, Christian, ringrazia quest'uomo, perché se fosse stato per me, io avrei cercato di convincere la commissione a liberare il tuo banco. E non perché sono cattiva, ma perché credo che fuori di qui ci siano persone che se lo meritano molto più di te.»

Certo che *Amici* mi prende molto più di *CSI*. Jurman chiede a Luca se può iniziare subito a lavorare con Christian: non ha voglia di perdere tempo e vuole dimostrare che da lui si può ottenere qualcosa di buono.

«Certo, fai pure» gli risponde Luca.

Bip bip bip. Mi arriva un SMS.

AMO' TI DEVO PARLARE, MI SA CHE CI SIAMO FICCATI IN UN CASINO.

La chiamo subito.

«Cucciola, che c'è?»

«Amoooo', come stai?»

«Bene, ma che cosa vuol dire il messaggio che mi hai mandato?»

Silenzio.
«Ohi... che c'è?»
Singhiozza.
«Giada, mi rispondi? Dài, non farmi preoccupare, me lo vuoi dire che cosa è successo?»
«No, niente, è che... oggi sono stanca, dormo pochissimo. Non è nulla, scusa. Avevo solo voglia di sentirti, di ascoltare la tua voce. Mi manchi, Mattia.»
«Anche tu. Ti prometto che ci vediamo presto.»
Strana telefonata. Se la conosco bene come credo, Giada voleva dirmi qualcosa, ma alla fine ha deciso di non farlo.
Nel frattempo sui monitor appare il maestro Jurman. Sta facendo il terzo grado a Christian.
«Che cosa mangi alla mattina?»
«In che senso?»
«Christian, sveglia, se ti chiedo che cosa mangi, secondo te che cosa vorrò dire?»
«Caffellatte, biscotti e yogurt.»
«Ecco, cerchiamo di evitare il latte e lo yogurt.»
Ma che cosa sta dicendo? Che cosa c'entra la dieta con la voce? Boh, io non ci capisco più nulla. A me sembra che tutti i grandi cantanti siano cicciotti, penso a Pavarotti, Zucchero, Aretha Franklin...
Ora Jurman lega Christian, gli appiccica un post-it in fronte e, mentre in questo stato lui cerca di cantare, il maestro lo spinge contro il muro.

Bip bip bip.

AMO' VERAMENTE NON C'È NULLA. VORREI SOLO ESSERE LÌ APPICCICATA A TE.

Ecco, se prima era un sospetto, ora è una certezza: Giada ha qualcosa che non va.

21
Tutta la verità

Osservare i ragazzi che arrivano a scuola la mattina è uno spettacolo che non conoscevo. Farlo dai monitor intendo...

Nello spogliatoio dei maschi ora entra Christian. Arriva con i capelli lisci sulle orecchie – assomiglia a un cocker –, si guarda allo specchio, fa una faccia come per dire: "Mamma mia, che cesso..." e poi dalla borsa tira fuori un aggeggio per lisciarsi i capelli e farsi la cresta. In Sardegna faceva il parrucchiere: qui lo fa a mille. Certo che se mettesse tutta questa concentrazione anche nello studio del canto, sarebbe già una star.

Nello spogliatoio delle donne le telecamere vengono accese solo dopo che si sono vestite tutte. È là dentro che succedono i veri guai. Le ragazze sono capaci di litigare per qualsiasi cosa. Lo spogliatoio è il luogo del gossip, ma anche delle frasi dette a metà, che gettano ombre sulle compagne e, ogni tanto, anche sulla scuola.

Ora ci sono Verdiana ed Elisa che, tanto per cambiare, battibeccano.

«... perché se apro la bocca su quello che è successo ieri al residence...» sbotta la milanese.

«Tu devi proprio stare zitta, al residence dici una cosa e poi qui un'altra, sei un'ipocrita» ribatte Elisa.

Fossi ancora un allievo della scuola, non sopporterei questo clima. Osservarlo da fuori, però, mi diverte moltissimo.

A un certo punto sui monitor compare Roberta. Ha finito una lezione e si ficca dritto dritto in bagno. La segue a ruota Verdiana.

«Roberta piange!» annuncia un redattore.

Chicco e Luca alzano lo sguardo, Luca lascia la sua scrivania e parla con la regia.

Quando nei bagni entra più di una persona alla volta, in villa scatta il "codice rosso". Dalla regia aprono al massimo i microfoni e attivano quelli ambientali.

«... sono stata proprio una scema, dovevo capirlo...»

Poi silenzio.

«Roberta si è tolta il microfono!!! Datemi i mezzi fucili.»

L'ho capito da poco, i mezzi fucili sono i microfoni ambientali. Nella stanza dei monitor si sente prima un brusio lontano, poi piano piano le parole, inizialmente indistinte, si fanno più chiare.

«... mai avere una storia dentro la scuola...»: è Verdiana che parla adesso.

Poi di nuovo la voce di Roberta: «...certo, solo che lui mi piace troppo. Hai presente quando il suo odore non ti molla nemmeno il giorno dopo e anche oltre? Ecco, così! Lui ci prova, mi fa sentire che c'è, io lo voglio, ma lui... non può proprio. Non finché siamo qua dentro».

Ma che cosa sta dicendo?

«Sta andando in onda?» chiede Luca.

«Sì, siamo live.»

"Speriamo lo tolgano" penso io con tutte le mie forze.

«Restiamo in onda su Sky» è la risposta, in simultanea, di Chicco e Luca.

Accidenti. Roberta sta parlando di me, ma sta mentendo, non sono io a cercarla...

«... non può stare con me... per troppi motivi, e lo sai benissimo.»

Tutti quelli che si trovano nella stanza dei monitor si guardano. Quello di Roberta non è il racconto di una che ha perso la testa per un compagno...

«Non è uno della scuola oppure è della scuola, ma è un insegnante!» dice Luca.

«Ma che cazzo dite?» sbotto io.

Tutti si girano verso di me.

Io sono imbarazzatissimo.

«Voglio dire... magari si è inventata tutto. E sta raccontando questa storia per guadagnare punti in classifica. Forse sta buttando fango su qualcuno solo per...»

Mentre parlo guardo Luca. Lui è a conoscenza della mia storia con Roberta, ma so che non dirà nulla a nessuno.

«Sì, però lei si è tolta il microfono. Se avesse voluto "buttare fango" l'avrebbe tenuto addosso, no?»

Chicco ha ragione. Roberta si è tolta il microfono, non voleva essere sentita. Non capisco comunque perché sta dicendo tutte queste assurdità. E non accenna a smettere:

«... vorrei gridarlo a tutto il mondo come si chiama, ma non si può. Lo mandano via, se lo faccio.»

Nel frattempo in villa arriva anche Steve. Mi appoggia una mano sulla spalla. Gli altri continuano a seguire la confessione di Roberta. Mi giro, guardo Steve fisso negli occhi. Con la mano che ha appoggiato sulla mia spalla preme con forza il muscolo vicino al collo. Lo stringe come fa di solito, per sentire se mi arrendo, se sopporto il dolore, una sorta di prova di coraggio "da caserma". Lui stringe e io sostengo il suo sguardo senza dire nulla. Dopo qualche minuto, lui molla e mi sorride: «Devi dirmi qualcosa, Mattia?».

In quel momento tutti si girano verso di noi. È già scattata la caccia alle streghe. E noi due, vista la domanda che mi ha appena rivolto Steve, diamo nell'occhio.

Lui dice sempre che il nostro lavoro è toccare e sentirsi toccare, saltare, ballare e... fingere. Però, anche se tutto quello che fai è finzione, non puoi impedire che il tuo corpo percepisca delle sensazioni e che il tuo cervello lavori, immagini. Quando finisce la musica, è ovvio, scompare tutto, il cervello si spegne, però la familiarità tra te e la partner, una specie di intimità, rimane, anche se manca il resto. È difficile spiegarlo. Io non potrei mai *toccare* una ballerina con la quale ho ballato. Ne ho parlato una volta con Steve.

«Puoi innamorarti e allora cambia tutto. Ma se fai bene il tuo lavoro, non approfitti mai dell'intimità, anzi la migliori. Te ne prendi cura. Ti tagli la barba per non far male alla tua partner, ti metti un buon profumo... costruisci una specie di bolla dove tutto è come far l'amore. Ma quella bolla, finita la musica, deve scomparire.»

Roberta e io l'anno scorso siamo andati ben oltre, non abbiamo solo ballato. L'anno scorso però, e ancora mi faccio schifo. Quest'anno non è mai successo nulla. So per certo di non aver tradito la fiducia di Giada e nemmeno quella di Steve.

«Mattia, ti ho fatto una domanda. Devi dirmi qualcosa?»

Lo guardo dritto negli occhi: «No, Steve».

Steve mi sorride. E, visto che tutti intorno ci stanno osservando, esclama a voce alta: «Per Mattia garantisco io!».

Silenzio.

Qualcosa nell'atteggiamento delle persone che mi circondano è già cambiato. In televisione quando fai qualcosa di sbagliato non c'è mai il capo che ti chiama e ti cazzia. Capisci di essere nell'occhio del ciclone perché tutti iniziano a starti più lontano del solito e anche a parlarti in modo diverso. Ora mi sembra stia accadendo questo, eppure io non ho fatto nulla di male.

È chiaro che Roberta sta giocando sporco.

Ora sia lei sia Verdiana escono dal bagno. Roberta si è rimessa il microfono e parlano d'altro, discutono della maglietta del serale...

Nella villa torna il sereno, ma sento che per me è come pattinare sul ghiaccio sottile. Tutto potrebbe cedere da un momento all'altro. Vorrei tanto chiedere spiegazioni a Roberta per capire che cosa crede di fare con le sue bugie, ma non posso. Chiamarla ora sarebbe proprio un errore fatale.

Chicco chiede a tutti noi, professori e professionisti, di raggiungerlo nel suo ufficio e dopo averci assicurato che ha fiducia in noi aggiunge: «Se però qualcuno ha qualcosa da dirmi, magari in privato, lo faccia. Il mio cellulare lo avete, lo spengo solo di notte. Da adesso in poi vale ancora di più quello che abbiamo sempre detto: non dovete avere nessun tipo di rapporto coi ragazzi fuori dalla scuola. Non deve esserci nemmeno una telefonata o un caffè al bar, siamo intesi?».

La riunione è finita, ma tra di noi si respira un'aria strana.

Spero che almeno stavolta Giada non abbia visto Sky. Non oggi almeno. Devo chiamarla subito.

«Amo'? Che fai? Io sono a Firenze... Il teatro è tutto esaurito, sai? Non immagini quanto vorrei stare lì con te adesso...»

Vale la pena di starle lontano solo per ricevere una delle sue telefonate. Ogni volta mi riempie di parole e dolcezze. E, manco fosse una fiction, non vedi l'ora che arrivi la puntata successiva. Io faccio il suo numero e mi rilasso. Mi incanta, ogni volta.

«Perché non mi raggiungi, Mattia? Dài, fai una cazzata, falla per me!»

Ci penso qualche secondo.

«Non posso piccolina, qui è un delirio... Non hai idea del casino...»

«È sempre così, amo', lo so...»

«Stavolta è successo un casino vero... Non posso proprio venire, ma ti chiamo più tardi, così ti racconto bene.»

Adesso sono libero. Luca mi ha detto mille volte che in caso di bisogno posso usare la sua macchina, una Yaris con dentro un casino di fogli, CD, posacenere rovesciati, libri ciancicati e torsoli di mela, TomTom Go – è negato a trovare le strade –, infradito di pelle e mucchietti di sabbia di Milano Marittima...

Viaggio più veloce che posso verso Firenze. Una volta in città, grazie al navigatore satellitare raggiungo il teatro. Cazzo, è lunedì, giorno di riposo! Guardo il cartellone: Giada è un fiore. Sopra sono segnate anche le date: il debutto è domani. Prendo il telefono, chiamo Giada.

«Ciao amo', ma dove sei?»

«A Firenze... e tu? In teatro non c'è nessuno. Dov'è il tuo albergo?»

«Sei l'uomo più dolce del mondo... Sai che mi hai detto "ti amo" come ho sempre sognato?»

«Ma che cosa dici, Giada? Io sono qua a Firenze. Non ti ho detto che ti amo, ti ho detto che...»

«Io sono a Roma, a casa nostra. Te l'avevo detto l'altro giorno che oggi eravamo liberi. L'hai dimenticato, vero? Ma io ti amo lo stesso!»

Io sono partito per Firenze per farle una sorpresa e lei ha fatto la stessa cosa. Magari a Orvieto ci siamo anche incrociati e per un istante la distanza che ci separava è stata minima. Poi via, io con la Yaris di Luca verso Firenze e lei con la Panda di Tommaso verso Roma. Ho letto da qualche parte che amarsi è come stare in costante viaggio l'uno verso l'altro. Sempre con la voglia di stupirlo, ma anche con il desiderio che l'altro faccia la stessa cosa per te nello stesso istante. Mi risveglio dal momento romantico.

«E adesso? Voglio dire, continuiamo a rincorrerci o facciamo una cosa molto pratica e poco romantica tipo che tu stai ferma a Roma e mi aspetti o viceversa?»

Lei ride.

«Stai fermo tu, teso'. Torno io a Firenze, così ti porto a mangiare fuori e poi in albergo. Dalla mia finestra si vedono le colline, sai? Tu aspettami davanti alla stazione.»

Posteggio la Yaris nel parcheggio vicino alla stazione. Tiro giù lo schienale del mio sedile – fa un verso tipo dinosauro che si sveglia – e accendo la radio. Ascolto la parte finale di una delle canzoni più belle di tutti i tempi, di Battiato.

Ti salverò da ogni malinconia / perché sei un essere speciale e io avrò cura di te... / io sì, che avrò cura di te...

Mi addormento.
Sogno di viaggiare verso Roma.

Alle 23.03 suona il telefono e mi sveglio. Giada è arrivata a Firenze. Avete presente Lilli e il Vagabondo nella scena degli spaghetti con il tipo napoletano che suona alle loro spalle? Ecco, noi in trattoria siamo così. Facciamo i cretini tutto il tempo... e il Chianti ci dà una mano!

«Che è successo oggi a scuola? Mi sei sembrato strano al telefono...»

Devo dirglielo, devo raccontarle tutta la verità, anche quella che le toglierà il respiro per un po'. Non voglio nemmeno un'ombra sullo specchio che lei è per me.

«Dopo te lo racconto, ma prima devo dirti un'altra cosa. Ho bisogno che tu mi ascolti tenendo bene a mente che ti amo sopra ogni cosa e che non ho mai smesso di farlo...»

«Mi fai paura quando parli così... In realtà anch'io devo dirti qualcosa... Ma parla prima tu, per favore, se devo soffrire, preferisco che sia subito...»

«... soffrire, non so... spero poco. L'anno scorso ti ho tradito...»

Giada scuote la testa, non vorrebbe risentire quello che le ho già raccontato. Sa che l'ho tradita. Vorrebbe non affrontare più l'argomento.

«... ma non ti ho mai detto con chi, giusto?»

Giada si porta le mani alle orecchie.

«... non voglio che resti qualcosa di non detto tra noi, non voglio aver paura di lasciarti guardare in fondo ai miei occhi, dietro quello che vedono gli altri.»

«Non ce n'è bisogno, Mattia. Perché vuoi dirmelo proprio adesso?»

«Perché ti amo e voglio amarti per tutto il resto della mia vita e voglio che costruiamo qualcosa di solido insieme...»

E soprattutto deve saperlo perché, ne sono certo, prima o poi Roberta dirà qualche cazzata e allora sì che Giada soffrirà di brutto.

Mi prende la faccia con entrambe le mani e mi guarda come se a momenti dovesse partire per un lunghissimo viaggio. «Anch'io ho qualcosa da dirti... qualcosa di importante. Sei sicuro che quello che mi devi dire è più importante di quello che devo raccontarti io?»

Non ne sono sicuro. Sono certo che è importante, ma che ne so di quello che deve dirmi lei?

Si prepara, fa la stessa faccia di quando prende la rincorsa per fare una presa.

«Perché mi devi parlare proprio adesso?»

«Perché la persona con cui ti ho tradito è Roberta, la ballerina della scuola che voleva il tuo banco. L'ho fatto con quella ragazza, proprio quella che tu hai subito pensato che fosse pericolosa. Non te l'ho detto prima perché credevo che non fosse necessario, ma adesso lo è diventato. Quella cretina s'è inventata che le sto dietro, che ci provo... Ma devi credermi, dall'anno scorso, dalla volta che ti ho tradito, non è successo più niente tra di noi. Lei ci ha provato, ma io non l'ho mai incoraggiata. Solo una volta quest'anno, e così ti ho detto veramente tutto, le ho mandato un SMS, ma vuoto. È successo la sera della prima, quando ti ho visto baciare Tommaso in scena. Ecco, questo è tutto.»

Giada si tiene le mani sulla pancia e cerca di respirare a fondo. Cerca di far andare via il male che le ho passato.

La conosco, perciò non provo nemmeno a sfiorarla. Devo aspettare e sperare, restando zitto. Sono pronto ad accettare sberle e lacrime, ma questo silenzio mi sorprende. È spaventoso.

Tutto sembra così irreale: intorno a noi, nella trattoria, il brusio di fondo aumenta e noi ce ne stiamo al tavolo immobili come due statue.

A un certo punto lei si alza, prende la giacca e, senza dire una parola, va verso l'uscita. Io la seguo come un robot.

Pago il conto ed esco. Si avvia verso la macchina di Luca, apre la portiera e invece di salire, si gira verso di me: «Non vuoi sapere che cosa dovevo dirti io?».

«Certo che sì» rispondo.

Giada mi fa paura. Non parla. Le faccio segno di entrare in macchina. Salgo anch'io e avvio il motore. Non facciamo nemmeno trecento metri e lei mi dice di fermarmi.

Scende dall'auto ed entra nella farmacia notturna che c'è alla nostra destra. Forse ha bisogno di prendere qualche intruglio per la gola, ogni tanto le cala la voce...

Qualche minuto dopo risale in macchina e mi molla sulle gambe un pacchettino. Lo scarto.

PREDICTOR.

Che roba è?

TEST DI GRAVIDANZA.

«L'hai preso per Erica?»

Il mio cervello si rifiuta di capire.

«No. È per noi. Questa è la cosa che dovevo dirti. Ed è più importante di tutto. L'unica cosa che mi dispiace è che hai saputo che forse aspettiamo un bambino mentre in testa avevi ancora l'immondizia della tua immaturità.»

Sono senza parole. Forse sono uno stronzo, ma al momento avverto solo sensazioni brutte, come manette che si chiudono, corde che si annodano. Abbozzo comunque un sorriso.

«Far pulizia di quello che è successo lo scorso anno mi ha fatto soffrire molto, ma ormai è passata. Promettimi che di... *quella* non parlerai mai più, mai più.»

«Promesso.»

«E adesso...» continua lei, «dovresti dirmi...»

«Che cosa dovrei dire? Ah, che stupido... Cioè, mica è sicuro che aspettiamo un bambino, giusto?»

Silenzio pesante di nuovo.

«Cioè, questo test lo devi ancora fare, no? Hai solo un ritardo e vuoi sapere se per caso...»

«O sei stronzo o sei stupido. Per favore dimmi solo una

cosa. Se sono davvero incinta, sei pronto a stare al mio fianco?» Mi bacia sulla guancia e continua senza aspettare la mia risposta: «No... non sei stronzo. Sei stupido, ma come piace a me. Talmente stupido che le cose belle ti spaventano. Hai paura di essere troppo felice, e non sai se puoi esserlo. E ora vorresti dirmi proprio la cosa che ti ho chiesto... E c'è una lacrima che ti scende proprio adesso sulla guancia. C'è che sei felice e io ti amo».

Mi sento pulito e so che per lei posso sforzarmi di esserlo sempre.

22
"Voglio fare ogni cosa con te"

Giada non è incinta. Ora che sono certo di poter continuare a essere ancora per un po' il solito cane sciolto, sono più sereno, anche se – ve lo giuro – non mi faceva paura il fatto di avere un altro me da prendere per mano e da accudire. L'unica cosa che mi aveva terrorizzato era la sensazione di creare un legame *per sempre*.

Una volta papà mi ha raccontato che il giorno in cui sono nato, il primo pensiero che ha avuto non appena mi ha tenuto tra le sue braccia è stato: "Questo piccolino lo amerò per sempre". Ecco, io ho dei gravi problemi con il *per sempre*. Mi fa paura mettere *per sempre* davanti a qualsiasi parola, anche alla più innocua (tipo: il sushi mi piacerà per sempre), figurati quando si parla di cose grandi come un figlio e una donna. E poi penso che usare quest'espressione per Giada o per un figlio sia volgare, sa di avvocati, di preti...

La notizia me la dà Giada, al telefono.

«Teso', tu non sarai papà, ma forse io farò la mamma!»

Sono talmente sollevato dalla prima frase che non riesco nemmeno a incazzarmi per la seconda.

«Ti racconto tutto o vuoi una sintesi?»

Se scelgo la sintesi, lei ci rimane male perciò le chiedo la versione lunga.

«Indovina chi c'era ieri in teatro? Bova, Raoul Bova, con il suo agente. Quando ho visto il suo nome sulla lista degli ospiti, non ci volevo credere! Gli hanno assegnato i posti d'onore. Una volta in scena, ho sbirciato spesso in quella zona della platea. E c'era! In sala c'era lui, Raoul!!! Non sai quanto era carino, indossava un maglioncino a V e una camicia semplice...»

Chi se ne frega di come era vestito Raoul Bova. Vorrei solo capire che cosa c'entra col fatto che forse Giada farà la mamma...

«Non puoi nemmeno immaginare... Hai presente quando c'è una risata o un applauso e tu sai benissimo che viene da *quel* punto preciso della sala? Ecco, io ho avuto esattamente quella sensazione. Ho percepito che lui stava seguendo ogni mio gesto ed è stato emozionante...»

Da parte mia silenzio e basta.

«Nell'intervallo del primo tempo, mentre mi cambiavo, è venuto a salutarmi il produttore del musical e chi mi presenta? Proprio lui... Bova! È altissimo, amo', ha la vita stretta e le spalle larghe...»

Il mio silenzio ormai urla.

«... ovviamente non ho pensato a lui come uomo... cioè *tu* sei il mio uomo... È un po' come quando la Ferilli ti ha riconosciuto la sera della prima del musical, no? Capisci? Davanti a te c'è un sogno impossibile e tu ti godi il momento...»

«Uhm» faccio io. So che cosa intende dire, ma il suo è un entusiasmo strano, non è da lei.

«... parte una fiction e mi vuole... trasferirmi a Milano, capito? Io e lui, è una parte quasi da protagonista... Con lui c'era l'agente e... insomma è una cosa seria, amo'!»

Per fortuna in quell'istante in sala è entrato Garrison con i suoi cani, il suo cappello da rasta di lana e le scarpe da olandesino colorate. Ho avuto la forza di dirle solo: «Brava, tesoro, ti chiamo dopo».

Mi rode da morire. E non è normale. Cioè, voglio dire, è

meraviglioso quello che le è successo. Finalmente l'hanno notata al di fuori del contesto di *Amici*, eppure... questa cosa non mi piace per niente.

Garrison ci mostra la coreografia e io, mentre la eseguo, rimugino sulla telefonata di Giada.

Prima di tutto, se Giada va a Milano, io non la vedrò più. Sono certo che, se lascia il musical, incontrarci diventerà ancora più difficile. E poi in teatro conosco tutti quelli che ha intorno, so che non c'è nessun pericolo perché tutti sanno che ci amiamo, invece a Milano... Non capisco perché mi stia rodendo così.

Ne parlo con Garrison: con lui posso farlo.

Sta pulendo il pavimento sporcato da Lola, la sua cagnolina, e intanto mi dice: «Sei maschio e vuoi fare l'uomo. Ti sembra di volere il suo successo, ma in realtà vuoi essere tu quello che fa le cose difficili. Forse ti fa persino paura il suo successo. Ricordati com'è finita ad *Amici*. Hai vinto tu, e lei ti applaudiva da una parte. Sei pronto a veder vincere lei al tuo posto?».

Non sono sicuro di aver capito proprio tutto, ma il concetto principale mi arriva bello chiaro.

Appena finiamo di provare, esco. Prendo il telefono e chiamo Giada. Non risponde subito come fa di solito, mi attacca addirittura in faccia. Dopo un istante arriva un SMS.

SONO IN RIUNIONE. A DOPO AMO'.

Non è mai successo prima d'ora.

Giada mi ha rimbalzato.

In riunione? Ah già, con l'agente di Bova...

Richiamo.

Niente.

Telefono spento.

Quello che sto sentendo ora, mi ricorda tanto la rabbia che provavo quando mia madre, al telefono con le sue amiche, non mi prestava attenzione. Avrò avuto sei anni e avrei anche dato fuoco alle tende o fatto cadere tutti i piatti pur di attirare la sua attenzione. Volevo avere l'esclusiva del suo tempo. Non riuscivo a sopportare che lei parlasse con altri e non con me. In fondo, sono ancora quel bambino e il fatto che Giada dia retta ad altri e non abbia tempo per me mi fa diventare una bestia.

Finora abbiamo deciso sempre tutto insieme, ma adesso lo fa da sola.

Prendo il motorino, ma non torno a casa. Vado in giro. La gente *normale* quando esce dall'ufficio corre a casa o fa la spesa. Io no. Mi sento fuori dalla vita normale, quella che facevo. Vorrei che Giada fosse al mio fianco. Vorrei che il mio unico pensiero fosse acquistare un nuovo telefonino, invece no.

Penso a cose da grandi, al futuro, al lavoro...

E a Giada...

Ecco che cosa mi brucia! Quella frase sulla Ferilli, sulle storie impossibili. Lo sa bene, gliel'ho detto mille volte, che l'unica con cui la tradirei è proprio lei. Quando le raccontavo che ero geloso di uno dei ragazzi della scuola perché passavano parecchio tempo insieme, Giada quasi mi prendeva in giro: «Amo', mica è Raoul Bova, come fa a piacermi?». Una volta Bova è venuto a scuola per fare la promozione di un suo film. Giada non ha avuto nemmeno il coraggio di fargli una domanda, ma non appena Patrick ha chiesto chi se la sentiva di recitare con lui, lei si è fatta avanti. Un'altra volta ho trovato scritto sulla lavagna di Vessicchio: RAOUL SEI BONOCOMERPANE. Raoul Bova non è il suo idolo, è il suo sogno erotico, poche palle. E mi scoccia che lavorino insieme. Ecco il problema.

La chiamo di nuovo.

Telefono spento.

Mi monta la rabbia.

Questa volta non si tratta di gelosia. È solo che mi sento tagliato fuori.

Mi sento uno stupido a pensarlo, visto che appena mi risponderà, mi dirà che mi ama. E sarà la mia solita Giada.

Eppure mi sale il nervoso. E divento acido. Non avete idea di quello che darei per spiare la loro conversazione in questo momento.

Squilla il telefono.

È soltanto Chicco.

«Sei il fidanzato della donna più in gamba del mondo... Hai sentito Giada? Le hanno proposto un bel ruolo in una fiction, cinque anni di contratto. La parte è pazzesca. Dovrà recitare con Raoul Bova: lui sarà il suo amante. A un certo punto della storia lei rimane incinta, ma non si sa chi sia il padre... Insomma un sacco di pose, i soldi non sono tanti ma è roba grossa... Non sei felice?»

«Chicco, sono una merda, dovrei essere felice, ma non lo sono. Forse preferisco che non la prendano, capisci?»

Chicco non comprende il mio punto di vista. Dice che questa è la svolta di Giada. E chi sono io per impedirglielo? È riuscito a farmi sentire un egoista.

Metto giù.

Arriva un SMS.

Giada.

SONO TROPPO FELICE. CAMBIA TUTTO NELLA MIA VITA. MA TU RESTI. CE L'HO FATTA.

Io:

BEATA TE. IO INVECE NON CE L'HO FATTA. TU CAMBI E IO RESTO. CIAO.

Sono proprio una merda. Ma non me la sento di raccontarle bugie. Soffrirà? Probabilmente sì, e allora? Che avesse ragione mia madre? Forse amo l'amore e non Giada.

Forse non sono capace di amare.

Forse non mi interessa amare sul serio perché è troppo difficile.

Domani Giada sarà di nuovo a Roma.

E dovrò dirle tutto.

Vado a prenderla alla stazione con la Yaris di Luca (ormai non me la chiede più indietro, preferisce viaggiare in motorino). La vedo subito, appena scende dal treno. Mentre cammina lungo il binario è come se avesse un occhio di bue puntato addosso. Con una corsettina accelera, dribblando la gente indaffarata. In mano ha solo una borsetta, una specie di cappelliera da star francese. Indossa dei tacchi altissimi che porta disinvolta, quasi fossero scarpe da hip-hop. Non si accorge nemmeno che quando cammina la gente si volta, come succede nei video musicali. Gli uomini non riescono a staccarle gli occhi di dosso. Praticamente le fanno la radiografia. Appena mi vede, butta per terra la cappelliera e mi salta in braccio.

Non ci muoviamo più.

Che bello baciarci.

In macchina parliamo di tutto, tranne dell'unica cosa che ci interessa davvero.

Sono certo che se iniziamo il discorso, forse lei capirà quello che so già: io non riesco ad amarla come dovrei.

Arrivati nei pressi di Porta Pia, lei non ce la fa più.

«Amo', questo freno a mano funziona?»

Non faccio in tempo a risponderle che la macchina sbanda di lato.

Giada ha tirato con tutta la sua forza il freno a mano. Ci è andata bene perché dietro non c'è nessuno.

Parla lei per prima.

«Mattia, ho capito quello che volevi dirmi.»

Si commuove e io non capisco il perché.

«Papà mi ha chiamato ieri. Era da tantissimo tempo che non lo faceva, capisci? Ha trovato il coraggio e, ci credi?, ha azzeccato pure il momento! Avevo bisogno di lui *adesso*, per sapere che cosa ne pensa della mia vita...» fa fatica a proseguire perché i singhiozzi la scuotono. Giada non piange mai e basta, lei diluvia lacrime.

«... poi, parlando con lui, ho capito che cosa intendevi dirmi tu. Ho raccontato tutto a mio padre: di Raoul, della fiction, di te che ci sei rimasto male. E lui mi ha detto una cosa che mi ha fatto cambiare prospettiva...»

Io tremo perché tra qualche istante dovrò dirle che forse non riuscirò a sopportare che lei se ne vada con Bova.

«"Prima di scegliere" mi ha consigliato mio padre "pensa a questo: non cercare mai di dare un valore a quello che lui fa per te. Pensa sempre a quello che puoi fare tu per lui, con tutta la generosità di cui sei capace. Perché senta che lo ami profondamente. Con la mamma io non l'ho fatto e anche per questo motivo l'ho persa. Non commettere pure tu questo errore, ti prego. Offerte di lavoro ce ne saranno ancora, sono sicuro, ma persone come Mattia no. Quando non riesci a capire se ami qualcuno, chiediti che cosa sei pronta a fare per lui. Se fai il massimo, vuol dire che lo ami."»

Deglutisco rumorosamente.

Le parole del padre di Giada mi permettono di vedere la situazione da un punto di vista completamente diverso. Mi serviva, tanto. Ora è tutto chiaro: Giada deve andare a Milano e fare la sua fiction. Io devo appoggiarla. *Devo* e basta. 'Fanculo la gelosia e il resto. Sto per aprire bocca per dirglielo, ma lei mi zittisce.

«Per cui amo', questa è la mail che ho scritto alla produzione della fiction. Non firmerò il contratto perché non posso stare lontana da te e perché da adesso in poi voglio fare ogni cosa *con* te. Ogni nuova avventura da adesso in poi o inizia con te o non ci sarà. Continuo con il musical e lo porto a termine come era deciso e poi si vedrà...»

Resto senza parole.

Mi sento come quando l'altro giorno sono andato a Firenze da lei.

Io arrivo e lei è già a Roma.

Decido di fare un passo verso di lei e lei è già lì che mi corre incontro.

Ho passato un anno credendo di essere a un passo dal sogno e ora, davanti a Giada che rinuncia alla sua occasione per me, mi accorgo che forse il mio sogno è lei, forse è Giada l'unico sogno che voglio vivere.

Attorno a noi ci sono parecchie persone, le macchine dietro la nostra suonano come impazzite per farci sloggiare dalla strada; una signora, addirittura, sbircia dentro l'auto e ci vede mentre ci baciamo. Non so dire se succede veramente, ma sono quasi sicuro che a un certo punto qualcuno faccia partire un applauso, i clacson suonano a festa, come se fossero dietro alla macchina degli sposi. La gente applaude. Nella macchina di Luca c'è anche un po' di sabbia. La getto in aria come se fosse riso. Che bello, siamo normali, come quelli che si sposano e vanno a Sharm el-Sheikh in viaggio di nozze. Perché essere straordinario a ogni costo, quando puoi essere normale?

23
La maglietta del serale

Quest'anno alla scuola di *Amici* c'è un'altra novità: se la commissione, dopo avergli fatto un esame, decide che un allievo è bravo, allora lui ha la possibilità di ricevere la maglietta del serale senza dover aspettare "il giorno della classifica assassina". La gara per avere la maglietta, perciò, sta diventando una vera e propria ossessione per i ragazzi. Il fatto è che, per averla, devono ottenere un giudizio positivo da tutti i professori, all'unanimità: un casino, visto che non basta andare bene nella propria materia, ma devi convincere anche gli insegnanti delle altre discipline.

Alice, per esempio, la ballerina piccolina, ha danzato da dio, ma la Celentano le ha proprio detto in faccia che non riesce a guardarla mentre balla e che il fisico è importante. Elisa, la Aguilera, s'è presentata all'esame convinta che tanto non l'avrebbero mai promossa, perciò ha preparato tutto malissimo. Patrick l'ha persino rimproverata: «Hai avuto un atteggiamento irritante dall'inizio alla fine».

I ragazzi sono certi che la maglietta non la prenderà nessuno. Pietro invece crede di avere buone possibilità di conquistarla. Secondo Verdiana lui può farcela perché è un paraculo, e riesce simpatico a tutti i professori.

In fondo, Verdiana non ha torto, passare al serale e andare avanti nel programma è anche una questione di pubbliche relazioni, no?

Oltre a Pietro c'è un'altra persona che crede di poter avere la maglietta: Roberta.

Per fortuna Giada mi ha creduto, ha capito. E così Steve. Alla fine ho dovuto raccontare tutto anche a Chicco, se no non sarei più riuscito a dormire tranquillo.

«Perché non ce l'hai detto subito?» mi ha ripetuto più volte.

Gli ho risposto che all'epoca pensavo che potesse restare una cosa privata, solo mia. Lui mi ha spiegato che quando accetti di andare in televisione, diventi un personaggio pubblico e, visto che queste cose possono succedere, bisogna sempre giocare d'anticipo, raccontare e raccontarsi prima che venga fuori un casino vero. Gli ho parlato della mia situazione con Giada e ha capito. Quello che mi spiace è che ora tutti sanno che io sono stato con Roberta e, volendo un gran bene a Giada, penseranno che sono un bastardo. D'ora in avanti, poi, ogni parola e ogni gesto tra me e Roberta avranno un significato diverso.

Mi trovo in studio, dietro le quinte. Roberta è davanti alla commissione. I professori devono decidere se farla passare al serale o meno. Steve mi ha chiesto di scaldarmi e di tenermi pronto a entrare per ballare con lei un passo a due.

In questo momento Roberta sta facendo hip-hop. Mi ricordo quanto è sexy quando balla questo pezzo di Timberlake. Sta spaccando stavolta. Maura e Garrison si sorridono: per loro è un "sì" certo. La Celentano sembra addirittura sorpresa: per un po' la guarda come se fosse un insetto curioso, ma le sue gambe lunghe, le braccia sempre a tempo, il collo del piede buono – Roberta ha un fisico pazzesco – potrebbero anche andarle bene, no? Alla sbarra la corregge tanto, ma farebbe lo stesso anche con la Fracci. Ora tocca a Steve, l'ultimo esame di ballo e poi forse Roberta avrà la maglietta per il serale.

«Avrei bisogno di vedere il passo a due che hai ballato all'inizio dell'anno. Vieni Mattia.»

Roberta non lo sapeva che avrebbe ballato con me. Mi sembra contenta della cosa. Avermi vicino le fa piacere sempre – è chiaro –, forse pensa addirittura che le farò forza. In effetti, fino a qualche istante fa mi infastidiva anche solo pensare a lei, mentre adesso che è qui, a pochi passi da me, non so nemmeno io perché, mi viene voglia di aiutarla. Il fatto è che quando con una persona hai avuto momenti di intimità, se anche decidi di cancellarla dalla testa, il corpo ne conserva la memoria. È una questione di odori, rumori, sensazioni che saltano fuori quando capita di entrare di nuovo in stretto contatto con lei. Allora, come per incanto, torna tutto. E il passato, il male fatto non hanno quasi più importanza. Al liceo uno dei miei professori ha tentato più volte di farmi leggere Proust, quello della *Ricerca del tempo perduto*. Ma a me ha sempre fatto schifo. "Chi se ne frega del tè e del pasticcino che gli fa tornare in mente l'infanzia" ho sempre pensato. Ora però avrei quasi voglia di leggerlo, per vedere se mi succede proprio quella cosa là.

Vedo i piedi nudi di Roberta avvicinarsi ai miei. Il rumore che fanno al contatto con il pavimento mette in moto qualcosa in me. Avverto il calore del suo corpo. Percepisco il suo profumo quando si stringe a me per assumere la posizione iniziale del pezzo. Non ci vuole certo Proust per ritornare con la mente a quel giorno al residence... La musica poi – *Iris* dei GooGoo Dolls – ha un ritmo ondulatorio, ipnotico, proprio il nostro ritmo mentre facevamo l'amore.

Mi rendo conto che sono entrato in una condizione particolare. È tutto così strano. Steve lo dice sempre: "Quando entri nella coreografia con lei, non deve esserci nient'altro, il resto deve stare fuori", ma il ricordo di noi due insieme nella mia stanza mi rimane appiccicato, il cervello non viaggia come dovrebbe.

Iniziamo il passo a due. Partiamo accovacciati e fin qui

tutto bene. Poi, in piedi, lei avanti e io dietro, distanti, dobbiamo eseguire dei movimenti coordinati. Alzo il braccio e lo faccio cadere a sinistra e anche lei lo fa... in anticipo. Poi un salto, lei dovrebbe farlo con me, invece salta prima. Stiamo sbagliando tutto. Cazzo, a sbagliare però sono io, sono in ritardo di uno o due conti... Finalmente ci ritroviamo. E ritroviamo anche il ritmo: balliamo veramente insieme adesso. Lei scappa via e si ferma, dandomi le spalle, per poi corrermi incontro. Io l'aspetto. Appena arriverà davanti a me prenderà lo slancio per saltare: in aria deve girarsi e io l'afferrerò dalla schiena e la solleverò sopra la mia testa. Ma non va! Ha battuto giusto davanti a me. Ha fatto il salto, ma io non riesco a sollevarla, non ci riesco perché – mi sembra – è pesante, o forse sono io una pippa. Finisce la musica. Steve mi guarda: vorrebbe capire chi ha sbagliato. Io tengo gli occhi bassi. Luca dice che così può bastare e invita la commissione a uscire.

Esco pure io e aspetto il verdetto ai monitor. Mentre i professori discutono, i ragazzi dicono la loro. «Roberta deve passare perché ha ballato bene.» «Peccato il pezzo di Steve, ma forse è stato Mattia a sbagliare la presa.» Un paio di loro mi difendono e dicono che sono stato bravissimo, e che, se la ballerina sbaglia, il partner non può rimediare.

Che cosa devo fare? Sono certo di aver sbagliato. Steve lo ha capito sicuramente, mi ha persino guardato... Ma se non è così e Roberta, poveretta, si perde la maglia del serale per colpa mia?

La commissione ha deciso e sta rientrando. I professori sfilano davanti a me. Cerco con gli occhi lo sguardo di Steve, ma lui non mi presta attenzione. Dài, Steve, voltati un attimo! Mi basterebbe vederti in faccia... Niente, sono già tutti ai loro posti. Luca chiede il giudizio a ognuno di loro. Positivo per Maura, Garrison e – vero miracolo – anche per la Celentano. Arriva il turno di Steve dopo che tutti gli altri membri della commissione hanno espresso il loro parere. Lui attacca con un discorso ingarbugliato, tipico di quando e imbarazzato: «Tu sai, Roberta, quanto ho sempre creduto in te. Fino a ieri hai sempre lavorato bene, hai sempre fatto tutto quello che ho chiesto e i miglioramenti si sono visti, però...».

Ecco, ha detto *però*.

E quasi senza rendermene conto mi trovo davanti alla commissione, vicino a Roberta. Nel silenzio dei presenti. Chiedo a Luca di poter parlare. Steve mi fulmina con lo sguardo. Prendo il microfono. E mi ascolto difendere Roberta: «Non so quale sarà il giudizio finale della commissione, ma prima devo dirvi che ho sbagliato io la presa. Sono un professionista e le mie coreografie dovrebbero essere perfette, ma ho sbagliato... Scusa Roberta, scusa Steve».

Tutta la commissione sa che ho avuto una storia con Roberta. Ora alcuni dei professori parlottano. Sento persino le loro risatine. È chiaro a che cosa stanno pensando: "Starà difendendo la sua conquista". Oppure che questo sia il mio modo di mettere Roberta a tacere, per non farle fare mai il mio nome in diretta. Insomma staranno pensando male di me.

Io sono in piedi davanti a loro con il microfono in mano e mi sembra un'arma inutile, ormai.

Steve si schiarisce la voce. Sbaglio o sta sorridendo?

«Tutti i miei colleghi sanno, perché ce lo siamo detti dietro le quinte, che chi ha sbagliato è stato Mattia. Ero in imbarazzo perché non potevo e non volevo dire che un mio ballerino aveva sbagliato. Ho *adorato* che sia stato tu a prendere il coraggio di venire qui a dirlo a tutti. Questo significa essere un professionista, e vale molto più di tante coreografie ben fatte e di tanti discorsi. Bravo Mattia... e brava anche Roberta, bravissima, perché per me tu devi andare subito a cambiarti la maglietta e metterti quella del serale!!!»

Roberta mi abbraccia e poi scappa via, corre verso la classe. Abbraccia chi le capita. È felice e se lo merita, checché ne dicano le due ballerine che escono dallo studio in segno di protesta. Io abbraccio Steve e insieme andiamo ai monitor.

Suona il mio cellulare.

«Amo'...»

Giada. Capirà, ne sono sicuro.

«Perché l'hai aiutata? Era chiaro che lei ha preso poco slancio e tu non sei riuscito a sollevarla... Mi hai raccontato cazzate quel giorno a Firenze?»

No. Giada non capisce. Non può ancora farlo, forse.

«Tesoro, non ti sento, sono vicino ai monitor, la linea è disturbata, non capisco che cosa stai dicendo» e ancora una volta, la seconda, le spengo il telefono in faccia, come quando stavo nudo con Roberta... Mi sento come se l'avessi tradita di nuovo, ma non potevo tradire me stesso, standomene zitto e permettendo che bocciassero Roberta. Ecco che cosa si è messo tra me e Giada, l'impossibilità di capirsi. Terribile. E soprattutto l'impossibilità di capirsi al volo con una parola. Se fosse qui con me sarebbe diverso, ne sono certo. Ma lontani come siamo, il nostro amore è indifeso.

Provo a richiamarla.

Niente.

Ha spento il cellulare.

Stanotte che faccio? Vado a dormire "litigato" o la chiamo?

Il vero casino del tradimento è che rovina più cose di quello che sembra. Come una talpa scava dei buchi sotto ai sentimenti più saldi, che poi, di colpo, crollano.

È solo colpa mia.

Giuro che se ho rovinato il nostro amore per una cazzata, non me la perdono.

Tiro il telefono contro il muro.

Incrino il display, ma il cellulare funziona ancora. Ci salto sopra, voglio distruggerlo.

Avete mai notato quanto è difficile rompere un cellulare quando si è arrabbiati?

24

Il fisico per la danza

È sabato, l'ultimo prima del serale. Fra poco si sapranno tutti i nomi dei ragazzi che potranno parteciparvi. Sono rimasti in diciassette, ma solo quattordici accederanno alla fase finale.

La tensione è alle stelle, ogni energia e ogni attimo libero sono dedicati a calcolare la possibilità di ognuno di passare. La paura, poi, gioca brutti scherzi e ti accorgi che quello che il minuto prima era il tuo miglior amico è diventato il tuo peggior nemico.

Fra poco diranno chi sono i tre allievi che devono lasciare la scuola per sempre. Che sfiga, però, uno si ammazza di fatica per tre mesi e poi, a un passo dal serale, gli dicono di tornarsene a casa.

Prima di questo stillicidio, comunque, ce n'è un altro.

La Celentano.

Due coppie delle due squadre hanno appena finito di ballare il suo passo a due. Da una parte, per la squadra della luna, Alice e Fausto. Dall'altra, per la squadra del sole, Dany e Vito.

I professori di danza ora devono votare per decidere a chi assegnare il punto.

Maria interpella la Celentano.

«Maria, scusa, ma io non posso proprio votare. Non ho

visto nulla che si avvicini almeno vagamente a una coreografia ben eseguita. La colpa non è mia, non posso modificare le mie coreografie solo perché il livello dei ballerini di quest'anno è molto, molto basso...»

Il pubblico esprime il suo dissenso.

«Scusa, Alessandra, ma ai provini c'eri anche tu o sbaglio?» le chiede Maria.

«E che cosa c'entra? Certo che ero presente. Infatti quest'anno un allievo ideale non l'ho trovato, tant'è vero che ho rinunciato al banco di danza classica. Se oggi abbiamo davanti questi elementi... di certo non è colpa mia. Io sono l'ultima a cui devi chiedere spiegazioni.»

«Le ho volute io, le ragazze, sissignore. Perché considero Dany e Alice dei veri e propri talenti» interviene Garrison.

«Io non la penso così. Abbiamo opinioni diverse, tutto qui» risponde la Celentano

«Scusa, Alessandra, com'è possibile che la danza sia tanto soggettiva da far sì che quello che è talento per Garrison, Steve e Maura non lo sia per te? Prova a spiegarmelo, per favore» dice Maria.

«Innanzitutto, non credo di dover spiegare niente a nessuno, tanto meno giustificare le mie scelte. Inoltre, piantiamola di dire che la danza è soggettiva! Un ballerino deve avere prima di tutto una serie di requisiti oggettivi. Smettiamola di ripetere che la danza è di tutti. La danza è *di* tutti ma non è *per* tutti...»

Il pubblico non approva le sue parole e glielo fa notare a suon di fischi.

«L'ho già spiegato molte volte, ma sembra che non riesca a entrarvi in testa. Per danzare occorre una predisposizione fisica, una certa forma della gamba, del collo del piede, delle ginocchia. Bisogna avere braccia lunghe e affusolate, poi una spiccata musicalità e una tecnica maturata in anni e anni di sbarra.»

«Scusami, Ale, ma la sbarra non è danza... semmai è un esercizio di riscaldamento...» dice Garrison.

«E chi l'ha detto? La sbarra è danza, eccome. Scusa Maria, puoi far portare in studio la sbarra e chiamare Anbeta?»

«Certo, ma cosa vuoi fare ora?» chiede incuriosita Maria.

«I fatti contano più delle parole» dice la Celentano.

Arriva Anbeta. Non è ancora truccata. E, vista così, non sembra poi tanto magica. È una ragazza normale, bella ma piuttosto anonima. Giada sostiene che Anbeta senza trucco e abiti di scena è come la Barbie nuda, ma non appena la vesti e la trucchi diventa una principessa. Entra in studio vestita con una tuta informe, i capelli raccolti in una codina striminzita, al posto delle scarpette porta una specie di doposci che i ballerini indossano quando non ballano, per tenere caldo il piede. Si posiziona davanti alla sbarra, deve aver già capito cosa intende farle fare la Celentano. Mostra un piglio sicuro e fiero.

«La regia può mandare la *Variazione* 5?» chiede la Celentano.

Parte la musica e Anbeta si trasforma passo dopo passo, "si veste" da principessa, e diventa di una bellezza tale da far sembrare tutti gli altri mortali dei poveri disgraziati.

«Stop... basta così» dice la Celentano e, girandosi, verso Garrison: «A te cosa sembrava questo? Un banale riscaldamento? E poi, visto che ci siamo, vado fino in fondo. Dany, Alice, potete mettervi accanto ad Anbeta?».

Dany ha già capito e le si riempiono gli occhi di lacrime, sa dove vuole andare a parare Alessandra.

«Innanzitutto, voglio precisare che io sto parlando di ballerine. Non vorrei mai che il pubblico qui o a casa travisasse. Sia Dany sia Alice sono delle ragazze molto carine e come ragazze – ripeto come ragazze – a loro non manca nulla, ma come ballerine... Be' il paragone con Anbeta parla da solo.»

Già, la differenza è chiarissima. Se una come Anbeta va in giro per strada, vi assicuro, i maschietti non la notano. Una come Dany, invece, non passa inosservata. Tre ragazzi su quattro si girerebbero a guardarla.

«Alice, che c'è?» interviene Maria.

«È che non mi sta bene. Alessandra dovrebbe fare l'insegnante e come tale non dovrebbe buttarci giù così. Io so bene di essere uno sgorbio. Lo so che ho le cosciotte... È da quando ho iniziato a ballare che mi dicono che non ho il fisico della ballerina...»

«Bene, quindi non è una novità per te. Perché pensavi che qui dentro sarebbe stato diverso?» aggiunge la Celentano.

«Perché qui non c'è solo lei, ci sono anche Steve, Garrison e Maura. Ho pensato: "Magari loro vanno al di là del fisico".»

«Be', io non sono né Steve né Garrison e, visto che in questa scuola insegno anch'io, che ti stia bene o no, finché mi verrà chiesto di giudicare le esibizioni dei ballerini, io dirò la mia. A differenza degli altri non amo illudere le persone.»

«Stai dicendo che noi illudiamo questi ragazzi?» chiede irritato Garrison.

«Perché noi vediamo il talento in queste ragazze e tu no?» incalza Steve.

«Semplicemente perché io questo talento non lo vedo e se anche ci fosse non basterebbe perché manca tutto il resto...» risponde la Celentano.

«Alessandra, posso farti una domanda?» interviene ancora Maria. «Che cosa ne pensi di Mattia?»

«Credo che sia un ottimo ballerino a un passo dal diventare professionista» risponde lei.

«Mi chiamate Mattia e José per favore?» chiede Maria.

Entro di corsa in studio insieme a José. Ci fermiamo in centro e, vi assicuro, non è una bella sensazione. José è perfetto, sembra un bronzo di Riace. Alto, magro, muscoloso, una tartaruga al posto della pancia, il culo praticamente sulle spalle, piedi fantastici e ginocchia da urlo.

«Scusa la mia ignoranza, Alessandra. Io osservo José e capisco che cosa intendi quando parli di determinati requisiti fisici, poi però vedo Mattia. Scusa, Mattia, non me ne volere, sai che ti reputo un bellissimo ragazzo, ma sto cercando di capire che cosa vuol dire la Celentano... Dicevo, vedo Mattia e intuisco che non ha esattamente tutte le caratteristiche che dovrebbe avere un ballerino, o sbaglio? Come sono i piedi di Mattia? Mattia, per piacere, mostra il piede alla telecamera.»

Tolgo il calzino e, sentendomi una cacca di cane abbandonata sul marciapiedi e stecchita dal sole, mostro il mio piede in camera.

«Puoi fare lo stesso anche tu, José?» chiede Maria.

E accanto al mio piede si fa spazio un arco teso pronto a scoccare la freccia che lo ucciderà.

«Mattia, effettivamente, non ha un bel piede» ammette la Celentano.

«Posso continuare? Mattia, che cos'hai sotto la tuta?»

«I pantaloncini» rispondo, pentendomi immediatamente della mia sincerità. Avrei potuto rispondere che sotto non avevo nulla e la storia sarebbe finita qui, ma mentire a Maria non mi piace proprio...

«Puoi levarti la tuta?» mi chiede.

Il pubblico urla, ridacchia e le donne fingono svenimenti.

Io quasi vorrei che mi venisse un malore per essere portato via subito. Invece con tutto l'imbarazzo del mondo, mi sfilo la tuta e rimango con quei pantaloncini della Deha che ti segano il sedere sotto la coscia al punto che non rimane più nulla all'immaginazione...

«Puoi toglierti anche tu la tuta, José? Scusami...»

Cazzo, lui è elegante anche quando si toglie la tuta. Quello che c'è sotto, parlo di gambe, è totalmente imparagonabile a me. Le donne dello studio sono in piedi deliranti. Le mie gambe stanno alle sue come una strada di provincia sta a un'autostrada a quattro corsie, un quadro di Botero a uno di Degas, la Littizzetto alla Yespica.

«Basta così, grazie» dice Maria. «Quindi, Alessandra, quello che vedo io è che Anbeta è simile a José, mentre Mattia ad Alice e Dany. Eppure Mattia ha vinto *Amici* e ora fa il ballerino professionista qui. Che cosa c'è che non va allora? Non è che voi insegnanti di classica avete un concetto di danza e di ballerini un po' troppo, come dire, desueto, d'élite? Non è che la danza può e deve essere anche altro?»

«Maria non farmi essere più cattiva di quello che sono. Sai qual è la differenza? Che Mattia potrà anche non essere perfetto fisicamente, ma quando balla, per come lo fa, riesce a farmi dimenticare tutti i suoi difetti. Dany e Alice no.»

Accidenti, questa è una vera e propria bomba. Mi volto verso le due poverette. Dany è una maschera per il kajal tutto sciolto; Alice, invece, sembra un fumetto giapponese, un piccolo robot pronto a sparare missili contro la Celentano.

«Posso dire una cosa?» interviene Alice.

«Di' pure» acconsente Maria.

«A me le parole della Celentano mi rimbalzano. È un'insegnante e come tale accetto il suo giudizio, ma non sarà certo lei a fermarmi. Forse quello che brucia alla Celentano è che io ho solo diciotto anni, e ho una gran voglia di ballare e di impormi nonostante i miei limiti. Tra lei e me c'è una grande differenza. Lei la danza può solo guardarla, io, grazie al cielo, posso ancora ballarla. Ha ragione, la danza è *di* tutti ma non *per* tutti: per lei il tempo di danzare è finito. Ora, se posso, Maria, vorrei tornare al mio posto.»

Il pubblico è in silenzio.

Garrison sorride e piange allo stesso tempo.

«Mattia, un'ultima cosa: come ballano Dany e Alice secondo te?» mi chiede Maria.

«Oddio, non so, poi adesso, dopo quello che è successo... Io so solo che quando Dany balla, non riesco a levarle gli occhi di dosso e quando lo fa Alice, be', secondo me lei è una numero uno, forse la ballerina con più carisma che abbia mai visto qua dentro.»

Mentre parlo, incrocio lo sguardo della Celentano. Ha stampato sul viso quel sorrisetto indecifrabile da Monna

Lisa. Credo di sapere che cosa sta pensando: "Opinioni, sono soltanto opinioni".

Torno dietro le quinte e finisco di vedere la puntata da fuori. Maria legge la classifica:

1. CHRISTIAN
2. DANY
3. ALICE

Ad *Amici* quello che pensano o dicono i professori è sempre molto relativo, chi la fa da padrone e chi decide veramente le sorti di questi ragazzi siete sempre e solo voi del pubblico.

A proposito, non vi ho ancora ringraziato?

Grazie di tutto.

25

E fuori è buio

«Amo', hai sentito Stefano oggi?» mi chiede Giada al telefono.

«No, perché?» rispondo.

«È strano, dovevamo vederci per pranzo per poi andare insieme alle prove in teatro, ma sono già le tre e ancora non si è fatto vivo.»

«Be', non mi sembra grave, avrà avuto un inconveniente e ti raggiungerà direttamente là...»

«Ma se ti dico che è strano! Da quando abbiamo finito il programma, se non ci vediamo, almeno ci sentiamo per telefono, anche più volte al giorno. Insomma, se non vuoi capire...»

Sto toccando un campo minato, quando mi risponde così devo stare calmo e fare finta di nulla.

A volte Giada pensa di essere Nostradamus, l'Oracolo di Delfi o, peggio ancora, Solange.

«Be', dài, non è aria, mi sembra di capire. Io sono nervoso e forse anche tu... Magari ci sentiamo più tardi, va bene? Faccio un salto al centro commerciale che ho finito le lamette e lo shampoo e poi ci sentiamo, ok?»

«Sì, solo mi piacerebbe che tu ogni tanto capissi, amo'...»

«Scusa, ma che cosa c'è da capire? Stefano non ha chiamato? Che sarà mai! Forse avrà avuto qualcosa di meglio da fare che preoccuparsi di chiamarti per dire due stronzate, no?»

Capisco che ho sbagliato tono e parole, quindi cerco di rimediare: «Magari è con Ale, no? Con la storia della tournée non hanno passato molto tempo insieme in questi ultimi mesi. Non farti film dove non ce ne sono. Vedrai che tra poco si farà vivo. Dài, ci sentiamo più tardi».

Clic.

Da quando sto con Giada ho capito una cosa molto importante: ci sono persone che possono avere tutto dalla vita, forse molto più di quello che possono desiderare, eppure ciò non significa che saranno necessariamente felici. Ci sono persone, infatti, che pensano di non poterla neanche sfiorare la felicità, nemmeno per un attimo, perché sentono che il loro destino è di non essere felici. Giada e Stefano rientrano in questo gruppo di persone.

No, non fraintendetemi, non voglio parlare male di loro. Io amo Giada e a Stefano voglio un bene dell'anima, ma loro sono fatti così. Non bisogna avere paura della verità. Per quanto Giada desideri rincorrere il suo sogno, una volta che l'avrà raggiunto, non le basterà per essere felice. È come se lei negasse a se stessa anche solo la possibilità di assaporare la felicità.

Giada lo sa.

E sa che anch'io lo so.

Questo è uno dei motivi per cui mi ama.

Esco di casa. Vado al centro commerciale e poi gironzolo un po' in motorino per Roma, che oggi mi sembra tanto strana, vecchia, senza tempo e pure un po' burina. Mi perdo tra le vetrine, ma non entro in nessun negozio. Mi rilassa molto farlo, ma non perché io sia un fanatico della moda, semplicemente perché così non penso a nulla. Vedere le commesse da dietro il vetro mi dà una sensazione strana: sembrano dei pesci rarissimi che si muovono lenta-

mente nel loro acquario, guardandosi e sorridendosi ogni tanto, per poi tornare a occuparsi dei clienti.

A un certo punto, sarà passata più di un'ora, mi accorgo che il mio cellulare si è spento. Giada continua a ripetermi che dovrei cambiarlo. Ma non le ho mai dato retta. Il mio telefonino va bene così com'è, dopo tutto ha solo questo difetto. Poco male, lo riaccendo.

Arriva subito un SMS.

AMO', APPENA LEGGI CORRI DA STEFANO. OGGI NON SI È PRESENTATO ALLE PROVE IN TEATRO. È A CASA SUA. È URGENTE.

Chiamo subito Giada ma non mi risponde.

Prendo il motorino e in pochi minuti sono a casa di Stefano. Abita in un piccolo appartamento nella zona di San Lorenzo. I suoi genitori stanno bene economicamente e quando lui ha deciso di fare l'università a Roma, molto prima di decidere di fare il programma, gli hanno subito preso un appartamento in affitto.

Suono il citofono.

Mi aprono senza nemmeno chiedere chi sono.

La porta dell'appartamento è spalancata.

Corro nella camera di Stefano. Lui è disteso sul letto, con gli occhi chiusi, pallido da far paura, tutto sudato (o bagnato?, non capisco). Sembra stia dormendo. Accanto a lui c'è Erica, che mi guarda ma non parla; mi fa cenno con il dito di stare in silenzio e mi indica la cucina.

Appena entro vedo sul tavolo due bottiglie vuote, una di amaro e una di whisky, e sento anche odore di caffè appena fatto. Qualcuno deve aver spazzato per terra perché in un angolo vedo una scopa, una paletta e un mucchietto di vetri.

Arriva Erica.

«Mi ha chiamato Giada e mi ha raccontato che oggi Stefano non si è presentato alle prove... Era molto preoccupata e, visto che è il mio giorno libero, mi ha chiesto di correre qui per capire che cos'era successo. Ha provato a chiamarti, ma tu non rispondevi...»

«Ma che cosa è successo?»

«Parla piano, si è addormentato da poco. C'è che Ale è uno stronzo. Non ho capito bene che cosa sia accaduto, ma credo che lo abbia lasciato. Quando Stefano mi ha aperto la porta, mi sono spaventata. Credimi, Mattia, non lo avevo mai visto così, stava da schifo. Deve aver mischiato l'alcol con gli antidepressivi. A un certo punto ha iniziato ad ansimare forte, sudava e tremava. E piangeva. Per fortuna poi ha vomitato. L'ho aiutato a farsi una doccia e a stendersi sul letto. Dopo un'oretta si è svegliato, mi ha stretto la mano e mi ha raccontato che Ale se n'era andato. Io ho cercato di minimizzare l'accaduto dicendo che avevano solo litigato, ma lui mi ha assicurato che questa volta è proprio finita.»

Anch'io me lo sentivo. Ale non mi è mai piaciuto. È la tipica persona che appena la conosci ti sembra pazzesca. Insomma è brillante, solare, generoso, si trova bene con tutti e riesce a stringere rapporti di amicizia velocemente. Le poche volte che l'ho incontrato mi ha sorpreso per la sua capacità di parlare di tutto e con tutti senza mai sfigurare. Con Stefano l'ho sempre visto molto premuroso e attento, anche troppo, forse. Tra loro ci sono otto anni di differenza: Ale è più grande, studia architettura, sostiene che si sta laureando, ma nessuno ha mai capito con esattezza quanti esami gli manchino, nemmeno Stefano... Non è strano? Afferma di fare mille cose, parecchio sport e un sacco di lavoretti. Ogni volta che Giada e io siamo stati a cena da loro, lui è sempre arrivato in ritardo, facendosi precedere da numerosi SMS con i quali annunciava il suo rientro. Strano anche questo, no? Uno manda un SMS per dire che è in ritardo, non ne manda dieci per avvertire che fra un po' di tempo arriverà.

Ogni volta che l'abbiamo incontrato aveva in testa un progetto nuovo, tanto che mi faceva sentire da schifo: io a malapena riesco a gestirmi la danza e Giada! Però, poi, la volta successiva, se gli chiedevi come andava con quel

progetto, lui rispondeva che se ne era già stancato e che perciò lo aveva abbandonato.

Che noi fossimo famosi a lui non sembrava importare. Vi starete chiedendo dov'è il marcio... Be', non c'è. Però ci sono delle sensazioni che mi portano a dire che lui nasconde qualcosa, che tutta questa sua sicurezza forse è solo una facciata. Insomma a me non è mai piaciuto.

Ti ricorderò in ogni gesto più imperfetto / ogni sogno perso e ritrovato in un cassetto / in quelle giornate che passavano in un'ora / e la tenerezza, i tuoi capelli e le lenzuola...

Arriva la musica di Tiziano Ferro dalla camera da letto.

«Come va?» chiedo a Stefano entrando nella sua stanza.

«Di merda, mi sento come Britney Spears in clinica e se avessi un rasoio anch'io mi farei lo scalpo, proprio come una ragazzina brufolosa scaricata dal primo amore. Quello che mi fa stare peggio è che, se mi chiedi perché è successo, io non so che cosa risponderti. Mattia... secondo te questa storia c'era? Insomma, so bene che a te Ale non stava simpatico, ma secondo te la nostra era una relazione?»

«Non te lo so dire, Stefano, lo conosco così poco...»

«Ti va di raccontarci che cosa è successo?» interviene Erica.

«Non so... Da un po' di tempo Ale era strano. Andava e veniva. Quando stavamo insieme tutto ok, poi però spariva per qualche giorno, non si faceva sentire né rispondeva al telefono o ai messaggi. Questo giochetto l'ha fatto più volte anche nei giorni scorsi. Allora ieri l'ho affrontato e abbiamo iniziato a litigare. A ogni mia richiesta di spiegazione, ha risposto dicendo che mi stavo facendo dei gran film, che era tutto una mia fantasia. Poi, a un certo punto, mi ha detto che non aveva più soldi e che voleva trovarsi un appartamento con un affitto più basso. A me è sembrato naturale proporgli di stare da me, tanto casa mia è grande a sufficienza per due persone. Lui ha cominciato ad alterarsi, a dirmi cose strane, che non voleva la mia protezione e non aveva bisogno dei miei soldi, che lui nella vita se l'era sempre cavata da solo.»

È solo che... / che quando non ritorni ed è già tardi e fuori è buio / non c'è una soluzione questa casa sa di te / e ascolterò i tuoi passi e a ogni passo starò meglio...

«La discussione poi è degenerata... mi ha persino accusato di continuare a rimarcare la differenza sociale tra lui e me. Io sono quello della TV, quello che prende duemila euro cantando una canzone in discoteca mentre lui la stessa cifra la guadagna in due mesi facendosi un culo pazzesco con tutti i lavoretti che incastra per potersi mantenere all'università. E poi mi ha detto che sono un insensibile perché ostento in continuazione la mia ricchezza. Io l'ho lasciato sfogare e quando si è calmato gli ho chiesto quale fosse il problema reale.»

... Perché so quanto fa male la mancanza di un sorriso / quando allontanandoci sparisce dal tuo viso / e fa paura / tanta paura...

«Alla fine l'ha detto. Mi ha detto che siamo diversi, troppo diversi per condividere un progetto comune, che mi amava più della sua vita ma l'amore non basta a superare tutti gli ostacoli. Io l'ho pregato di spiegarmi quali fossero questi ostacoli e a quel punto è andato in palla. Non sapeva cosa rispondermi. Ha mormorato qualcosa sul fatto che io mi vergognavo di lui quando andavamo in giro insieme e stronzate simili. E si è messo a piangere, dicendomi che lui fa morire tutto quello che tocca perché è malvagio. Che io dovrei scappare da lui. Che è meglio così perché non vuole che io stia male come sta accadendo a lui. Io non capivo, davvero, non riuscivo proprio a capire di che cosa stesse parlando. "Te l'ho detto" ha continuato lui, "io posso farti del male e non voglio." Poi si è sfilato la fede che aveva voluto come regalo di compleanno e l'ha appoggiata sul tavolo in cucina dicendomi che era meglio così, che anche se per un po' starò male un giorno lo ringrazierò. Mi ha chiesto anche di non cercarlo. È convinto che fra qualche mese capirò... ma io che cosa devo capire secondo voi, eh?»

«Io non sono nessuno per dirti questo, ma una cosa è chiara: se qui c'è qualcuno che si è fatto dei gran film, stanne certo, quello è lui. A me sembra tanto il discorso di un paraculo, di un cacasotto, che si è dovuto inventare la storia del principe e del contadino, della sua fuga da te per salvarti dalla sua malvagità, quando forse la realtà è un'altra, anche se non so dirti quale. Mia madre ha sempre sostenuto che la vita sia semplice e che siamo noi a complicarcela. Mio padre poi mi ha insegnato che se c'è l'amore c'è tutto, non esistono ostacoli e problemi insormontabili. Se non c'è, persino accendere un fiammifero diventa una fatica immensa. Tu non hai mai incontrato i suoi genitori, né i suoi amici e le uniche due volte che sei andato a casa sua, mi hai raccontato che hai percepito un'atmosfera strana. Forse non lo hai mai conosciuto veramente...»

Stefano non parla, mi guarda fisso con quegli occhi da cerbiatto nella tagliola del cacciatore che, pochi secondi dopo, spariscono in due pozzanghere di lacrime.

26
L'occasione americana

Prima puntata del serale. Sono dietro le quinte ad aspettare la solita frase di Maria, quella che accende tutto, quella che ti carica di adrenalina.

I ragazzi, già divisi in due squadre, hanno cambiato nome: da sole e luna sono diventati bianchi e blu.

«I ragazzi di *Amici*» annuncia Maria.

Questa volta però non entro con i miei compagni, ma con i professionisti: è la mia vera consacrazione.

Ormai è passato del tempo ma non so ancora che cosa preferisco. Da un lato è molto difficile staccarmi dal mio essere allievo perché nella scuola mi sentivo protetto, sotto pressione ma al sicuro (sarà che il tempo fa svanire i ricordi brutti e mantiene solo quelli belli!). Dall'altro, ora che mi hanno dato la "bicicletta", ho una gran voglia di dimostrare di saperci andare. E allora mi viene in mente il giorno in cui mio padre mi incoraggiò ad andare in bici senza rotelle, promettendomi che mi avrebbe sostenuto per tutto il percorso. Invece a un certo punto mi ha mollato e io, appena ho realizzato che stavo andando senza aiuto, mi sono schiantato.

Ecco, ora è come se me le avessero tolte sul serio, le rotelle, e non ci fosse nessuno a sostenermi. La paura di schiantarmi è troppo forte. E forse accadrà presto, visto che sto per confrontarmi con gente come José, Anbeta e Leon.

Parte la sigla.

Noi professionisti entriamo nello studio. La musica si sente appena, il pubblico urla troppo. Per fortuna ci sono i numeri che mi salvano: conto gli otto per non uscire dal tempo. La presa con Maria è andata. Fra poco c'è quella con Franceschina – ed è la più tosta –, ieri in prova l'ho sbagliata più volte. 5... 6... 7... 8, eccola! Trattengo il respiro, mi concentro... Sììììììììììììììì! È andata.

Il boato del pubblico mi arriva dritto alle gambe.

Maria ci presenta tutti.

Su di me si sofferma un po' di più. È orgogliosa di avermi tra i professionisti. Garrison piange.

Torno dietro le quinte, devo cambiarmi velocemente perché se esce come prima prova il passo a due di Steve sono ancora di scena. Vado in sartoria e Anahi, la costumista, mi riempie di complimenti, mi dice che sono stato fantastico. Sto levandomi ancora i pantaloni per poi infilarmi i jeans che servono per il passo a due quando entra Bill Goodson, un coreografo di fama internazionale che tiene spesso stage nella scuola.

«Mattia, hai un momento?» mi dice.

«Fra un minuto te lo lascio» interviene Anahi.

Gelo. In sartoria è lei che comanda.

Bill mi fa segno che mi aspetta fuori.

«Un mio amico, un grande produttore americano, è qui in Italia per lavoro. Mi ha appena chiamato per dirmi che sta vedendo la trasmissione e che gli sei piaciuto molto. Gli interessi. In America sta producendo una nuova serie, che partirà a breve, sulla quale punta parecchio. Si chiama *Jump It*, è una sorta di *Amici* ma con un copione scritto. Hai presente *Fame - Saranno Famosi*? Solo che questa è ambientata a Los Angeles in un college dello spettacolo. Il mio amico sta cercando proprio un ragazzo che interpreti la parte di un ballerino italiano. Vorrebbe farti un provino... che gli dico?»

Devo essere contento?

Quando queste cose succedono nei film, il protagonista di solito urla, salta, piange e ride, tutto contemporaneamente. Ma in questo momento non riesco a pensare a nulla, non provo nessun tipo di emozione. E me ne rimango lì, con una faccia da ebete.

«Hai capito quello che ti ho detto, Mattia?» mi chiede Bill.

Che cosa si dovrebbe rispondere in questi casi: "Grazie, grazie, sono molto lusingato"?

«Mattia, non è una risposta questa! Che cosa devo dire al mio amico? Ci vai al provino oppure no?» mi incalza lui.

«Posso pensarci?» rispondo io.

«"Posso pensarci?" Ascolta, Mattia. Tu sei consapevole del tipo di lavoro che hai scelto di fare, vero? Hai capito o no che in questo settore le occasioni vanno prese al volo? Io non ti conosco da molto tempo, ma ti posso assicurare che sei un tipo fortunato, molto fortunato. Ci sono persone con molto più talento di te che stanno a casa da anni ad aspettare che il telefono squilli. Per te è squillato già molte volte, ma la fortuna va anche aiutata, non puoi sempre sfidarla. Questo è il numero del mio amico produttore. Se vuoi, chiamalo, se no... mi spiace solo per te.»

Mi lascia in mano un bigliettino e andandosene aggiunge: «Mattia, arriva un momento in cui si diventa grandi e di fronte alle scelte si rimane da soli».

Accidenti a questa cosa del diventare grandi! Ma che ne sa lui di quanto sia grande io o di quanto voglia rimanere piccolo? Che ne sa lui del periodo che sto passando? Che ne sa di me, della mia confusione, del fatto che non capisco più dove sta andando la mia vita e, soprattutto, se Giada continuerà a farne parte? Che ne sa del mio bisogno di capire chi sono diventato, di sedermi e ascoltarmi per comprendere se quel vento leggero che è sempre stata Giada per me può tornare a soffiare e a spettinarmi i capelli? La mia paura è che entrambi ci ostiniamo a essere quello che gli altri vogliono che noi siamo. A me sembra di non riconoscerci più. Ho bisogno di una pausa, ma allo stesso tempo ho paura che, prendendomela, perderò tutto. Ho la testa piena di pensieri contraddittori e di domande...

«Mattia in scena!»

Accidenti! Fra poco tocca a me, ma non mi sono ancora infilato le scarpe. Siamo in diretta e non ho il tempo di tornare in sartoria. Sento dallo studio la voce di Maria: «Chi lo dimostra Chicco?».

«Mattia e Maria.»

Faccio il mio ingresso senza scarpe, ma nessuno se ne accorge. Penseranno tutti che sia il costume di scena, solo Maria, in attesa che parta il brano, mi chiede curiosa: «Ma le scarpe?».

«Poi ti spiego. Per favore, cerca di stare attenta con quei tacchi a spillo... Se mi becchi un piede è finita.»

Parte la musica, ma io non sono concentrato, penso al produttore americano che mi sta guardando in TV, a Giada, al fatto che non ho le scarpe, alla paura che lei inavvertitamente mi possa stilettare il piede... e, mentre infilo tutte queste cose nella mente, la coreografia è bella che finita.

«C'è qualcosa che non va Mattia?» mi chiede Maria.

«Scusa, non ero molto concentrato. Nella fretta mi sono dimenticato le scarpe, quindi...»

Il pubblico ride.

Bella figura ho fatto: il ballerino che non sa fare il suo lavoro perché senza scarpe. Chissà che cosa penserà di me ora il produttore americano...

Resto per tutta la puntata dietro le quinte. L'assolo di Steve non esce, perciò non devo più esibirmi.

Penso e ripenso alla faccenda del provino e non so che cosa fare. Avrò guardato il bigliettino da visita dell'amico di Bill almeno quaranta volte.

Tony Deal.

Che nome assurdo: Deal vuol dire "patto"... che patto vorrà mai fare quest'uomo con me?

La prima puntata del serale è andata. Hanno vinto i bianchi perciò è dovuta uscire dal programma una dei blu, Chiara.

Finito il programma, mi passa accanto Maria: «Ma si può sapere che cosa ti succede stasera?».

«Si vede così tanto?» rispondo io.

«Be', sì, ce l'hai scritto in faccia. Se ne vuoi parlare io sono qui...»

In pochi minuti le racconto tutto, le difficoltà con Giada e il provino per il produttore americano.

«Bene, no? O meglio, vedrai che con Giada è solo una fase, come è giusto che sia. Per il provino, se fossi in te lo farei. Un passo alla volta. Non è detto che tu lo superi. Se succederà, poi ci penserai, no?»

Fortuna che ho parlato con lei. Farlo, mi aiuta sempre a sciogliere i miei dubbi. Eppure dice cose lineari, semplici.

Mi sento più leggero. Prendo il cellulare e digito un SMS a Giada.

APPENA PUOI MI CHIAMI? DEVO PARLARTI

Lo leggo e lo rileggo, indeciso se mandarlo o no.

Sento di essere arrivato a un bivio nella mia vita. Non posso continuare a scappare. È ora di crescere e questo significa semplicemente dover fare delle scelte. E io, adesso, devo scegliere fra l'amore e la carriera, fra il cuore e le stelle.

Sono in strada, vicino a un semaforo. Se quando gli arrivo accanto scatta il verde, invio il messaggio, se no lo cancello.

Verde.

Premo il tasto invio e intanto sto già pensando a cosa le dirò.

27
Un futuro di cui andare orgoglioso

Dicono che con il tempo le cose cambino.

Non tanto mi pare, visto che sono ancora qui a Cinecittà.

Il provino si svolge in un teatro di posa, il numero 9.

Non appena arrivo, mi scattano delle foto, mi fanno compilare una scheda e mi danno un testo da imparare a memoria, è il cosiddetto "provino su parte".

Stanno cercando un ballerino che sia capace di recitare, anche se le battute sono minime. Il personaggio si chiama Mirco, è un ragazzo di madre italiana e padre americano. I suoi genitori sono divorziati e, fino alla morte della madre in un incidente stradale, ha vissuto con lei a Firenze. Dopo la tragedia decide di trasferirsi dal padre, a Los Angeles.

Il testo che devo memorizzare racconta il momento in cui Mirco fa il provino d'ingresso al college dello spettacolo. Sono in tutto venti righe e le ho già memorizzate.

Giada non l'ha presa affatto bene, o meglio, mi ha detto di fare quello che credo sia meglio per me, ma, mentre lo diceva, non riusciva a guardarmi negli occhi. Mi sono sentito una merda perché per tutto il tempo che ne abbiamo parlato, mi sono ronzate in testa le sue parole: "Da adesso in poi voglio fare ogni cosa con te".

Io che cosa sto facendo per lei?

Sono egoista?

Non credo. Sono stato semplicemente onesto.

Da troppo tempo galleggiamo in uno stagno, continuando a pensare di nuotare in un mare azzurro. Ci ho pensato bene e ho concluso che amare vuol dire fidarsi, gioire dei successi della persona che ami, crescere insieme a lei e accettarne la metamorfosi.

So che cosa state pensando. Lei, non andando al provino con Raoul Bova, mi ha fatto un grosso regalo.

Forse però non lo ha fatto solo per me.

Forse si sentiva insicura e aveva una gran paura di mettere alla prova il nostro amore.

Lo so, posso sembrare cattivo anche solo a pensarle, queste cose. Però, rifletteteci bene, non capita a tutti prima o poi di fare o non fare delle scelte solo per il terrore di affrontare situazioni difficili? E di preferire non viverle, certe esperienze, se c'è la possibilità che mettano a repentaglio la nostra vita così come ce la siamo costruita fino a quel momento?

Basta.

D'ora in poi seguirò solo il mio istinto. A prescindere da come andrà questo provino. Il mondo esterno non condizionerà il mio rapporto con Giada. Il mio amore per lei non può e non deve cambiare. E non cambierà.

Non sono un paraculo. Voglio essere solamente onesto, con lei e con me stesso.

Sono abbastanza intelligente da capire che a volte la propria visione delle cose va cambiata, così come lo sguardo e la direzione. E forse, in questo momento, un po' di distanza tra me e Giada non guasterebbe, perché ogni tanto bisogna allontanarsi per vedere tutto in maniera obiettiva.

«Mattia Marchioretto!»

Mi stanno chiamando.

«Eccomi.»

Entro in una sala, di fronte a me tre persone, un uomo e due donne.

Si presentano. Uno è Tony Deal, il produttore, le altre due sono le sceneggiatrici della serie.

«Ma io a te ti conosco» mi dice lui con un accento che mi ricorda tanto Steve.

«*I've seen you* nello show. Hai una faccia pazzesca. Non mi interessa come balli, ti ho già visto. Tu sei un numero uno, voglio solo che tu... come si dice... guardi in telecamera e mi dici due di quelle frasi che hai letto lì...»

Faccio quello che vuole, ma, almeno mi sembra, nella maniera più anonima del mondo.

Il produttore dopo venti secondi mi interrompe.

«*Well done*... Mattia?»

Well done? Ma non si dice quando ti chiedono quanto cotto vuoi un hamburger? Cioè mi ha detto *ben cotto*... in inglese però non suona male.

«Grazie, che devo fare ora?» chiedo timidamente.

«Tu hai problemi a partire subito?» mi domanda l'americano.

«Subito... subito? E per dove?»

«Los Angeles, fra tre giorni. Se per te è ok, bene, altrimenti *the dream is over*» conclude lui.

«Cioè fra tre giorni io dovrei trasferirmi a Los Angeles? E per quanto tempo? E dove dormirò?»

Mentre gli parlo, mi accorgo che sto facendo delle domande assurde. Penso che nessuno, sano di mente, al mio posto, nel sentire questa megaproposta si preoccuperebbe del trasferimento e dell'alloggio.

«No, volevo dire... Non so che cosa volevo dire. Ok... ci penso. Non che non sia pazzo di gioia... È che vorrei parlarne con alcune persone: in questo momento sto lavorando e dovrei spiegare alla gente con cui collaboro che cosa mi state proponendo... Mi dispiacerebbe che la mia partenza li mettesse nei casini...»

«Ok, ma hai solo ventiquattro ore di tempo, va bene?»

Uscito dal teatro corro da Luca e Chicco. Loro sono entusiasti, mi fanno un sacco di complimenti e Luca addirittura mi dice: «Pensa se ti vede ballare Madonna e ti prende come suo ballerino... Faresti bingo, no?».

«Maria come la prenderà? Se me ne vado così, dall'oggi al domani, non vi metto nei casini?»

«In qualche modo faremo, non preoccuparti. Maria sarà entusiasta. È la prima a essere contenta quando vi succedono cose belle. Ne è orgogliosa» mi rassicura Chicco.

È vero. Maria è felicissima. Secondo lei il mio trasferimento in America sarà un toccasana anche per il mio rapporto con Giada. Da lontano forse vedrò con più oggettività le cose. Ed entrambi capiremo di che cosa abbiamo bisogno.

Mentre parliamo, sui monitor c'è Vito, il ballerino siciliano, a lezione dalla Celentano.

«Se proprio non riesci a fare quello che ti chiedo, forse è il caso che tu cambi lavoro...» dice l'insegnante.

«Ma perché mi offende, adesso?»

«Non ti sto offendendo, ti sto dando un consiglio.»

«E io dei suoi consigli non so cosa farmene... Vuole che le racconti com'è stata la mia vita prima di *Amici*? Ha presente la Sicilia? Terra bellissima, niente da dire, ma per noi ragazzi c'è veramente poco. Io ho sempre giocato a pallone, come gli altri bambini, fino a quando non mi sono innamorato della danza. Sa che mio padre non ne voleva nemmeno sentire parlare? "La danza la fanno solo *le femminelle*" mi ripeteva sempre. E io zitto, non dicevo niente. Però a lezione di danza ci andavo lo stesso. Un giorno mi ha scoperto. Quando ha aperto il mio borsone da calcio, dentro non c'erano i calzettoni, le scarpe con i tacchetti e la maglia della squadra, ma calzamaglie, scaldamuscoli, e pantaloncini corti. Mi ha picchiato, umiliato. Mi ha detto anche che non ero più suo figlio. E ora eccomi qua. Se non mi ha fermato mio padre, perché dovrebbe riuscirci lei?»

Questo Vito è una forza. Finora non l'avevo notato, ma forse questa è la volta buona che la Celentano trova pane per i suoi denti.

Penso alla sua storia. E penso anche all'occasione che è capitata a me. Spero tanto che un giorno succeda anche a Vito di poter dimostrare che ballare vuol dire sì sognare, ma anche costruirsi un futuro di cui andare orgoglioso.

America, sto arrivando!!!

28
Lontano da Giada

Sono a Los Angeles e la prima cosa che noto è che qui non ci sono le Pamele Anderson e i surfisti mascelloni con fisici pazzeschi che si vedono nei film. La gente che si incontra per strada è normale, a volte persino sciatta. La moda sembra un concetto astratto. Finora ho visto solo un sacco di ciccioni, gente di colore vestita nei modi più strani, cani ovunque, e barboni. Non ho mai visto così tanti barboni in una volta. Vanno in giro con i loro carrelli da supermercato dove mettono tutta la loro vita. Sono come delle lumache: si muovono con la loro casa in cerca di un posto diverso dove passare la notte. Le uniche cose uguali all'immagine di Los Angeles nei film sono il cielo blu e le palme. E le macchinone. Le auto qui costano poco, a ogni isolato c'è un rivenditore di macchine usate: piazzali immensi dove puoi trovarne di ogni tipo. Per sceglierla e comprarla ci metti meno di un quarto d'ora.

Io mi sono preso una Ford Taunus marrone. L'ho pagata solo quattrocento dollari. È pazzesca: ha sedili in pelle marrone e una radio che prende solo stazioni di musica country. Consuma tantissima benzina, però qui costa un po' meno che in Italia, perciò...

Los Angeles è divertente. Tutto sommato è una città pratica e semplice da vivere. E poi, qui non si perderebbe nemmeno un idiota.

Io vivo in Sunset Boulevard, nella parte alta. In basso c'è Hollywood, il Grauman's Chinese Theatre con davanti le impronte delle star.

La produzione mi ha affittato una stanza in un motel. Il mio vicino di camera è un rapper nero che gira per strada con un pitone in spalla e che, quando lo incrocio sul ballatoio, mi dice sempre: «*Take care baby, take care*».

Le riprese procedono abbastanza bene, anche se non c'è nulla di magico. Piuttosto, mi sembra di stare in fabbrica. Arrivo sul set alle sette del mattino, sto un'ora al trucco (anche se i truccatori non mi fanno praticamente nulla), poi arrivano gli sceneggiatori che mi spiegano le scene che dovrò girare e mi lasciano i vari copioni. È come in una catena di montaggio. Oltretutto non mi danno troppe informazioni sul mio personaggio. Io non so mai che cosa farò il giorno dopo e le volte che ho chiesto anticipazioni mi hanno risposto picche.

Non conosco tutti gli attori della serie perché giriamo spesso separatamente le scene, ma una di loro è Jessica Alba, una figa pazzesca. Non so se ve la ricordate, era la donna invisibile nei *Fantastici 4*. Nella serie interpreta una star cinematografica che viene a prendere lezioni di danza nella nostra scuola e si innamora di un ragazzo molto più giovane di lei. Jessica è irraggiungibile e sempre attorniata da un sacco di persone. Mi è stata presentata e lei, senza nemmeno guardarmi negli occhi, mi ha detto: «Sei italiano vero? Io amo Italia» e poi se n'è andata.

Non ho ancora stretto amicizia con nessuno qui perché non ho ancora incontrato qualcuno che mi interessi veramente. Quando le riprese finiscono – sono più o meno le cinque del pomeriggio – quelli della produzione mi accompagnano in motel e da quel momento in poi inizio a fare il turista.

Amo guidare con la mia macchinona per le strade di Los Angeles, arrivare fino a Santa Monica, a Malibu e stare un po' sul belvedere a godermi il tramonto, a guardare i surfisti bevendomi una birra (che va infilata in un sacchetto di carta perché non si può bere alcol in strada: qui sono molto severi su queste cose).

E quando vagabondo per questa magica California, volete sapere chi mi manca?

Giada.

A causa del fuso orario non ci sentiamo spesso. Quando io lavoro, lei dorme e viceversa, quindi per sentirci dobbiamo sincronizzare gli orologi e puntare le sveglie. Le nostre comunicazioni telefoniche, poi, sono abbastanza sterili, siamo già arrivati a dirci frasi quasi banali, anonime, del tipo: "Com'è il tempo lì?" e "Che ore sono adesso da te?".

Parliamo poco di noi, "di noi sul serio" intendo. È come se vivessimo in una bolla, sospesi dalla realtà, attenti reciprocamente a non toccare discorsi che svelino troppo ciò che proviamo. Mi sento come un surgelato Findus, indeciso se uscire dal freezer e saltare in padella. La padella è Giada, il suo mondo e i suoi pensieri. La mia paura è che lei mi voglia nei suoi pensieri per abitudine, perché si è imposta che lei e io siamo ormai una coppia.

A questo punto della nostra storia dobbiamo cambiare il livello del gioco. È come quando ti fai prendere dalla PlayStation: più ci giochi e più diventi forte. E sali di livello.

Noi ora siamo ancora alla fase uno, e probabilmente ci siamo stati per troppo tempo, quasi avessimo inserito il pilota automatico. Standole così lontano, sto cercando di capire che cosa rappresenti lei per me, a prescindere da quello che è successo da quando ci conosciamo. È un po' come quando si blocca l'iPod e per farlo funzionare devi resettarlo. A quel punto l'operazione che precede l'accensione è un salto nel vuoto perché non puoi mai sapere se, una volta acceso, sentirai ancora la tua musica.

Io ho voglia di risentire la musica di Giada, ma ora non sono pronto ad accendere l'iPod.

Tempo al tempo.

Silenzio e distanza.

Ma mi manca.
Nel motel ho un computer portatile fornito dalla produzione della serie quindi posso comunicare tramite messenger con l'Italia. Mia sorella Laura ha persino insegnato a mia madre a usarlo, così risparmiamo sulle telefonate.

Il suo nick è "mammatua".

Quando accendo il computer e la vedo online, mi si apre il cuore, di colpo si annulla la distanza ed è come se lei fosse qui accanto a me.

Non faccio in tempo a entrare che lei mi ha già "querato".

MAMMATUA SCRIVE: come va tesorone?

MAT SCRIVE: bene e tu?

MAMMATUA SCRIVE: mi manchi. non ti vedo più nemmeno in TV. prima almeno ti vedevo lì.

MAT SCRIVE: mamma, almeno tu non fare l'errore di quelli che credono che uno esista solo se è dentro quella scatola. sai quanti ballerini bravi ci sono in giro ma nessuno lo sa perché non lavorano in TV?

MAMMATUA SCRIVE: ok scusa, allora che fai lì?

MAT SCRIVE: lavoro, mamma, ballo un sacco. è una serie molto ballata e poco recitata, sembra un musical.

MAMMATUA SCRIVE: ma ti fanno mangiare bene, almeno? o mangi solo quelle schifezze americane? non bere troppa coca che ti gonfia e attento con tutti quei grassi.

MAT SCRIVE: mamma, piantala! non sono più un ragazzino e poi qui i supermercati sono enormi, giganti. sai che ci sono interi reparti con il cibo no fat, o senza colesterolo? qui c'è tutto. l'italia al confronto sembra il terzo mondo.

MAMMATUA SCRIVE: non voglio nemmeno pensarci che magari ti affezioni a quel posto e non torni più qui.

MAT SCRIVE: tranquilla, non succederà, ma lì come va? il programma?

MAMMATUA SCRIVE: qui tutto sotto controllo. il programma sta andando benissimo, i professori quest'anno sono inferociti anche tra di loro, c'è quello jurman che non perde mai occasione per tirare frecciate a grazia e lei quando ha lui la parola fa sempre delle facce assurde. ah, poi garrison si è svegliato. litiga in continuazione con la celentano, le dice che è esagerata, troppo dura e con il paraocchi...

MAT SCRIVE: insomma niente di nuovo ☺ ma chi è il tuo preferito?

MAMMATUA SCRIVE: la piccoletta, alice, dany e da qualche giorno anche vito. ha carattere, sai? niente a che vedere con te, tu balli molto meglio, però è uno tosto. e poi c'è quel cantante, pietro, che è sempre attento, scrupoloso, forse un po' all'antica, ma a me ispira simpatia. stamattina si è alzato presto e si è messo a pulire tutta la casetta dei bianchi. dovevi vederlo: puliva e cantava, puliva e cantava.

MAT SCRIVE: insomma ti piacciono tutti i ragazzi della squadra dei bianchi...

MAMMATUA SCRIVE: no, è che sembrano più ragazzini, più squadra. i blu litigano sempre. però anche tra loro c'è qualcuno che mi piace. ad esempio elisa, quella che assomiglia a christina aguilera. ha proprio una bella voce e un caratterino... non le manda a dire a nessuno, le cose. poi c'è rachele che mi fa morire dalle risate: lei se ne sta sempre in silenzio, poi di punto in bianco lancia delle bombe! ah... poi c'è quel ballerino tanto bello che finalmente è uscito allo scoperto e si è schierato totalmente dalla parte della celentano.

MAT SCRIVE: ma secondo te chi vincerà?

MAMMATUA SCRIVE: sai che non lo so? quest'anno è un rebus, non è come gli altri anni che dopo pochi mesi individuavi subito il potenziale vincitore... bo'... ma con Giada?

MAT SCRIVE: mamma, spero che il tempo e la distanza mettano a posto le cose...

MAMMATUA SCRIVE: va bene, ma stai attento a non delegare ad altri cose che puoi e devi sapere solo tu. quante volte ti ho detto che la vita è molto più semplice di quello che può sembrare e che siamo noi a complicarcela? fermati un attimo e ascoltati. vedrai che non ci sono scelte da fare, ma solo strade da seguire.

MAT SCRIVE: grazie mamma, un bacio americano.

MAMMATUA SCRIVE: ma come sono 'sti baci americani? a stampo o di altro tipo?

MAT SCRIVE: cretina TVB!

OGGI

29
"Passaporto, prego!"

«Pesce o pollo?»

Apro gli occhi.

«Scusi?»

«Fra poco serviamo il pranzo. Lei desidera pesce o pollo?» mi chiede la hostess.

«Pollo, grazie!»

Mi stropiccio gli occhi, appoggio la testa all'oblò. Sotto di me un tappeto di nuvole.

Fila 11, posto G.

Che coincidenza! Sono passati undici mesi da quella sera. Undici mesi da quando mi hanno incoronato vincitore di *Amici*. E accanto a me, allora, Giada, la mia G.

Una volta atterrato, una poliziotta mi chiede i documenti facendomi un bel sorriso.

Quando torni dall'America sembra di tornare alla civiltà, almeno per quanto riguarda i rapporti umani. Nell'istante in cui metti piede in America non ti chiedono il passaporto, ti minacciano se non lo tiri fuori. Per loro sei a tutti gli effetti un non-cittadino americano e quindi un potenziale guaio. Invece qui in Italia sorrisi a mille.

Torno a capire cosa vogliano dire le facce, anche se non aprono bocca. In America quello che mi mancava di più non era tanto la comprensione delle parole, ma quella dei gesti, delle reazioni fisiche della gente. Qui capisco anche i dettagli. Che poi è ciò che conta. Tiro un bel sospiro e mentre esco dall'aeroporto mi dico che l'Italia è una figata. L'aria di Roma mi accoglie, respiro a fondo. Ho un'allegria strana addosso anche se so che tra pochissimo incontrerò Giada, e non so se riuscirò a resistere nel vederla in lacrime.

Nella mente non faccio che rivivere la sua telefonata. Quando ho risposto, ho sentito una specie di gorgoglio dall'altra parte del filo, quasi il rantolo di un animale ferito. Non c'è stato bisogno che mi dicesse nulla per capire che cosa era successo.

È morto il suo papà, quell'uomo gentile capace di scrivere una lettera delicata alla figlia senza pretendere nulla in cambio. Da quel giorno è diventato un po' anche mio padre.

Ora è morto.

E la sua morte mi ha fatto capire, mentre stavo al telefono con lei – un oceano tra noi –, che oltre alla gioia, mi riguarda soprattutto il dolore di Giada. Il suo papà aveva avuto una banale ulcera sanguinante – ci aveva anche scherzato su coi dottori entrando in sala operatoria, e secondo lei non aveva capito di essere in pericolo di vita. Mentre mi raccontava i dettagli del suo dolore, sentivo con una chiarezza allarmante che quella sofferenza era roba mia. Ho compreso che ogni sentimento, ogni emozione di Giada mi rende impossibile rimanere a guardare. Lontano da lei.

Al telefono mi ha detto di stare tranquillo, e che non dovevo sentirmi in dovere di venire al funerale, ma starle lontano non è più possibile. Vivere lontani si può se tutto va bene, se la vita resta neutra, ma quando arrivano la malattia o la morte così come la fortuna o il successo o la gioia, allora non si può restare lontani da chi si ama. Almeno io non riesco a stare lontano da Giada. Per questo sono tornato.

In chiesa un prete sparge l'incenso sulla bara di legno chiaro del padre di Giada.

Piangono tutti.

Giada ha degli occhiali scuri, grandi. La riconosco non appena entro in chiesa: è l'unica a tenere la testa alta. Mi spaventa la sua forza. Vorrei andare da lei.

In taxi ascoltavo *November Rain,* un pezzo vecchissimo dei Guns n' Roses:

> 'Cause nothin' lasts forever / and we both know hearts can change / and it's hard to hold a candle / in the cold November rain...*

Non sono pratico delle "cose di chiesa", tanto meno conosco "la scaletta di un funerale tipo". Eppure mi sembra strano che Giada si alzi e si diriga verso il microfono. Ha un foglio in mano. Il prete non dice niente, ciò significa che non c'è nulla di strano in quello a cui sto assistendo.

Giada legge il foglietto. La sua voce, tranne che in alcuni istanti, è ferma, non trema.

«Dovrei dirvi delle belle parole su un uomo che conosco poco. Sarebbe più facile, per me, fare l'elenco delle occasioni che abbiamo perso... mio padre e io. Però so per certo una cosa: a mio padre non avrebbero fatto piacere i vostri pianti, oggi. Anzi avrebbe voluto che ognuno di voi ricordasse solo i momenti divertenti passati in sua compagnia. Ad esempio, tu, zia Antonella, smetti di soffiarti il naso e ripensa a quella volta che papà, in montagna, è caduto tra le ortiche mentre faceva i suoi bisogni. Lassù, dov'è adesso, sicuramente non sentirà mai più un prurito simile. Terry, piangere non servirà a farti sentire meglio, ma forse pensare ai suoi famosi scherzi mancati sì, come quella volta che papà è entrato in casa tua senza bussare e, credendo

* Perché niente dura per sempre / ed entrambi sappiamo che i nostri cuori possono cambiare / ed è difficile far durare un candela / nella fredda pioggia di novembre...

di trovarti in bagno, ha spalancato la porta del cesso dicendo: "L'hai fatta tutta, la cacchina?". La tua povera nonnina – c'era lei in bagno e su quella tazza ci aveva già passato interi pomeriggi – si è alzata dicendo solo "No... purtroppo ancora niente!". Non piangerei tanto se fossi in te, Tommy. Primo perché sei sempre stato il suo migliore amico, secondo perché, da adesso, potrai star certo che la famosa ricetta delle penne alla Nutella e curry verrà sepolta con lui, per sempre. Sappiamo tutti benissimo che appena arrivato in Cielo, la prima cosa che chiederà agli angeli è se hanno uno "zzope di mofu". San Pietro penserà a un piatto giapponese, ma quelli messi peggio prepareranno lenzuoli di Rizla. Una delle ultime volte che l'ho sentito, papà mi ha confidato che avrebbe preferito andare all'inferno piuttosto che in paradiso. Almeno avrebbe passato l'eternità con donne stupende. "Le cesse non peccano" mi ha detto. Non ha smesso un istante di giocare con la sua vita, come se fosse SuperMario. E di vite ne ha avute una cifra. Il "game over" deve averlo sorpreso, ma non credo sia stato questo il fastidio peggiore della sua esistenza. Sono certa che da dentro questa bara, che sembra tanto una libreria dell'Ikea montata male, lui non ride né piange, semplicemente ha smesso di incasinarsi con le istruzioni per l'uso. Ecco, credo che parlare senza ipocrisia di lui sia il modo migliore di salutarlo e di salutarci tra noi. E, se proprio volete piangere, fatelo ricordandovi di lui che mangiava le mele ed era sempre gentile, anche quando aveva torto. Non ha mai scritto niente, se non una lettera per me, che tengo sempre nella borsa. Non aveva la fiducia che ho io nelle parole. Ha letto migliaia di libri ma li ha sempre buttati via subito dopo, in modo da non sentirsi mai colto guardando la libreria. Nella casa in cui viveva aveva appeso delle frasi. L'ultima che ha scritto mi ha colpito molto. Ve la leggo:

> Con tutti i suoi inganni, i lavori ingrati e i sogni infranti, è ancora un mondo stupendo. Fai attenzione. Cerca di essere felice.

«Ecco, sembrerà una sciocchezza, ma non tutti proviamo a essere felici. Io ci sto provando. Per favore, fatelo anche voi!»

Giada si avvia al suo posto.

Mi mordo un labbro mentre la guardo, mi commuovo.

Lei mi vede e mi sorride. Invece di sedersi percorre il corridoio centrale della chiesa per venirmi incontro. Passando di fianco alla bara di suo padre, ne accarezza con la mano leggera il legno giovane. Poi viene da me e prendendomi sottobraccio, come per uscire a fare una passeggiata, come se non fossero passate tre settimane da quando sono partito, mi porta fuori dalla chiesa.

Saliamo sul suo motorino.

Non c'è bisogno di dirle perché sono tornato. Lo sa già.

Insieme siamo finiti dentro un tubo di SuperMario e abbiamo raggiunto il livello due. Un livello nuovo del quale non so niente. Da sempre mi stufo in fretta dei videogiochi, perché, non scegliendo mai i livelli *intermediate* o *professional*, resto sempre al *beginner*. Divento il mago dei livelli più bassi, però quando c'è da fare il salto a quelli superiori, mollo tutto. Con Giada, il videogioco più bello di tutti i tempi, ho rischiato di commettere lo stesso errore. Per fortuna non è successo. Ora abbiamo cambiato livello.

> Don't ya think that you need somebody? / Everybody needs somebody / you're not the only one...*

Nelle orecchie ancora questa canzone.

Io con Giada mi sento davvero qualcuno.

* Non credi di aver bisogno di qualcuno? / Tutti hanno bisogno di qualcuno / non sei l'unica...

30
Fra il cuore e le stelle

Il secondo livello del gioco "Mattia e Giada" è iniziato. L'iPod è ripartito e io torno a risentire la musica di Giada.

L'iPod... tutto è iniziato con un iPod, ve lo ricordate? Lei era in pullman e ascoltava *Fa' che non sia mai* di Eramo&Passavanti e ora siamo ancora qui, con un auricolare ciascuno, a riascoltare quella canzone. Le cose però, da allora, sono cambiate eccome. Il tempo ha fatto il suo corso, noi siamo cresciuti e il nostro amore ha cambiato forma e colore.

Siamo sdraiati sul lettone della nostra casetta delle conchiglie e all'improvviso mi viene in mente una cosa.

«Che ne dici se cambiamo casa?»

«Perché amo', che c'ha questa che non va?»

«Niente, è perfetta per due fidanzatini, ma noi non lo siamo più. Guardati intorno: conchiglie e fiori di plastica alle pareti, gli stendini al posto degli armadi, le stelline luminose sul soffitto. Questa casa parla di come eravamo prima, quando tu eri in tournée e io alla scuola di *Amici*, è una casa delle bambole, solo che tu e io non siamo più Barbie e Ken. Ora per noi voglio una casa vera, con un salotto, una cucina, una camera da letto e, se i soldi ce lo permetteranno, anche uno studio e un terrazzino. Voglio la normalità, un progetto, voglio decidere con te se comprare un divano bianco o uno blu, se cucinare o mangiare la pizza tutte le sere. Voglio affrontare tutto con te, i momenti belli come i momenti brutti; desidero essere libero di dirti sempre quello che mi passa per la testa e anche di decidere di dormire sul divano del salotto se una sera non ti sopporto o abbiamo litigato. Giada, voglio uscire dal sogno e vivere la realtà. Voglio che tu sia la mia realtà!»

«Ma ce la faremo?» mi chiede lei con gli occhi lucidi.

«Sì, se è questo che desideriamo. Quando eri dentro la scuola non ti spaccavi in quattro per dare il tuo meglio in un pezzo? E perché lo facevi? Per le telecamere? Per il pubblico? No, lo facevi per te stessa, perché credevi che la recitazione fosse la tua strada. Io ho capito che tu sei la mia strada, che voglio camminare con te. Non so dove ci porterà e quanto cammino faremo insieme, per me adesso l'importante è aver capito che voglio te, Giada. E tu... mi vuoi?»

Giada piange, ma le sue sono lacrime di gioia.

Siamo cresciuti, ora pesiamo le parole, ci siamo resi conto che l'impulsività non sempre paga, che un rapporto è fatto anche di fatica, di attese, di esigenze, di egoismo *praticato* ma anche *subito*. Tutto va conquistato.

Domani torno a Los Angeles per comunicare a Tony che lascio la serie.

'Fanculo Los Angeles, 'fanculo *Jump It*, se è scritto che mi realizzerò nella danza, prima o poi succederà, no?

Giada ha un mese di pausa a teatro prima di riprendere con la tournée e quindi, mentre io sarò via, inizierà a vedere degli appartamenti. È giusto così. La nostra casa deve piacere prima di tutto a lei.

Le cose sono molto più difficili quando le pensi che quando le vivi.

Proprio come ora. Sono in attesa di parlare con il produttore americano. Per tutta la durata del volo Roma-Los Angeles ho pensato e ripensato alle parole da usare per spiegare che mollo la serie, ma non mi è venuto in mente nulla. Ho solo una fottuta paura di dirglielo. Per un attimo ho anche pensato di fingere di essermi fatto male per avere il pretesto di lasciare tutto, ma quelli della produzione andrebbero a fondo nella faccenda. Non sono mica in buona fede come Luca e Chicco! Qui mi farebbero visitare da un medico per verificare che non stia mentendo...

Quante storie... In fondo, dove sta il problema? Uno può dire: "Grazie è stato bello ma non mi va più, no?". Dopotutto sono grande, maggiorenne, potrò decidere da solo della mia vita?

«*Tell me, Mattia*» mi dice Tony Deal.

«C'è poco da dire, voglio lasciare la serie.»

Silenzio.

Mi guarda ma non batte ciglio.

Avrei anche potuto dirgli che sua moglie è una puttana e me la sono fatta ieri, ma credo che avrei ottenuto la stessa reazione.

«Se vuole posso spiegarle anche perché. Potrei raccontarle una bugia. Dirle, che so, che mio padre sta male o che in Italia mi hanno offerto un contratto irrinunciabile, ma non è nulla di tutto questo. Mio padre sta benissimo e in Italia non mi si fila nessuno. C'è solo che ho deciso di dare una possibilità al rapporto con la mia ragazza. Sì, ha capito bene, sto parlando d'amore, di un uomo e di una donna che hanno deciso di costruire un progetto comune, un amore che non porta né successo né denaro, qualcosa per cui la gente non paga un biglietto e non applaude, una cosa tutta mia, anzi tutta nostra, niente locandine, niente titoli di testa o *red carpet*, solo vita normale fatta di gioia, speranza, ma anche di noia e lacrime. Probabilmente sta pensando che sono un povero ragazzino romantico che insegue un sogno d'amore e per questo mette in secondo piano la carriera. Forse è anche convinto che io sia un perdente, che così facendo non andrò da nessuna parte, che fra pochi anni mi mangerò le mani pensando alla fortuna che ho gettato al vento. Sa da quanto tempo non mi annoio più a star seduto per ore su una poltrona dal parrucchiere ad aspettare che faccia le extension a Giada? Da troppo, troppo tempo!!! Ho voglia di annoiarmi, di fare la fila alla posta, di smadonnare perché al supermercato mi sono dimenticato di comprare il latte, perché la lavatrice non va più o perché i vicini di casa chiamano la polizia durante una festa con gli amici. Sarò anche giovane ma ho capito una cosa: finché posso, voglio vivere solo quello che *scelgo*. E non perché sono un sognatore che declina ogni responsabilità, ma perché non riesco a scindere la mia vita privata da quella professionale. Anzi, le dirò di più. Non vorrei mai trovarmi nella situazione di scegliere fra l'amore e la carriera, il cuore e le stelle... Ma che dico? L'ho già fatto una volta, venendo qua. E anche ora ci sono di nuovo in mezzo. Ma sono felicissimo, anzi euforico, nel dirle che scelgo il cuore. Credo che non riuscirei mai a combinare nulla di buono nel lavoro, se non fossi sereno nella mia vita privata. Avevo bisogno di essere onesto con lei, perché lei mi ha regalato un'occasione. Ora non so che cosa comporti la mia scelta, magari c'è una penale da pagare... Quel che è certo è che non tornerò sui miei passi.»

«Devi morire» mi risponde Tony.

Sbianco.

Salivazione azzerata.

Già mi immagino Tony Deal tirare fuori una pistola e uccidermi, così, a sangue freddo.

«Sì, è l'unica soluzione. *Or you die*, oppure facciamo risorgere la tua mamma e tu *come back to Italy*.»

Ah, ora ho capito... sta parlando del mio personaggio all'interno della serie, quindi è un sì, mi lascia andare senza tante storie.

Nuoto nella felicità.

Lo stomaco si rilassa.

Il sangue torna a scorrere nelle vene fluido e caldo.

Gli stringo la mano e mi vergogno per aver pensato male di lui.

«Però mi devi dare almeno *two weeks*, una per scrivere la tua sceneggiatura e una per girare il tutto... e non ti pago nessuna puntata da oggi in poi, solo vitto e alloggio. Quindi chiama la tua *girlfriend* e dille che per due settimane ancora sei mio. Sarà gelosa anche di me?»

Rido.

«È troppo se chiedo che il mio personaggio non muoia?» aggiungo.

«*It's too much!* Tu occupati della tua vita, al mio show ci penso io, *it's my job*!»

Morirò.

Accadrà mentre attraverso la strada che dovrebbe portarmi a scuola. Jessica Alba è al volante della macchina assassina. La polizia stabilirà che Jessica era ubriaca al momento dell'incidente, perché il suo giovane fidanzato le aveva appena comunicato di essersi messo con una diciottenne. In seguito verrà processata e quindi scagionata, ma andrà comunque a disintossicarsi in un *Rehab*, dove incontrerà Britney Spears. E così saranno tutti felici, il produttore e la stessa Britney che, in un certo senso, deve ringraziare anche me se nella serie potrà lanciare la sua canzone *Piece of Me*, che parla proprio del suo rapporto con i paparazzi e le cliniche per la disintossicazione.

Purtroppo mi devo fermare ancora due settimane per finire di girare gli episodi, prima che il mio personaggio muoia definitivamente.

Di notte sto attaccato a messenger per chattare con Giada o con Luca. Giada ormai ha visitato una decina di case, ma per il momento in cima alla top-ten ce n'è una vicino a Ponte Milvio. È piccola e costa un botto – e a essere sincero la zona non mi ispira per niente: troppo piena di ex pariolini –, ma non me la sento di dirle di no, se a lei piace, per amore suo me la farò andare bene anch'io.

Luca invece mi aggiorna su *Amici*. A quanto pare la Celentano ha colpito ancora. Ha deciso di mollare Dany, Alice e Vito perché, ha detto pubblicamente, sono un insulto alla sua danza. Perciò lavorerà solo con Alessandro-il principe e Fausto-Totò. Lo stesso hanno fatto Grazia Di Michele e Fabrizio Palma, che non vogliono preparare la squadra dei blu perché al suo interno c'è Christian, che, manco a dirlo, stravede per Jurman. Insomma, il serale di quest'anno è un bel casino, oltre alle polemiche tra i ragazzi, ci sono anche quelle tra i professori.

Chiedo a Luca chi è uscito finora e Luca mi risponde: "Chi ti piacerebbe fosse uscito?".

Ho il suo nome sulla punta della lingua, anzi no sulla punta delle dita visto che sono su messenger. È lì che vorrebbe essere gridato ma non so perché non riesco a digitarlo sulla tastiera. Il fatto è che non sto chattando con Tony Deal, ma con Luca. Che mi sgama subito. "Dài, Mattia, so a chi stai pensando, credi che non ti conosca? Sono più di trenta secondi che non digiti nulla e questo mi dice che stai omettendo volutamente la verità. Ti libero io dall'imbarazzo. Sì, è uscita proprio lei, Roberta. Sei libero, l'incubo è finito."

Grazie al cielo anche questo capitolo è chiuso.

Roberta è solo il passato.

Una vecchia fotografia che il sole farà sbiadire giorno dopo giorno.

31
Volare alto

Stasera il nostro gruppo di *Amici* si riunisce: ci ritroviamo tutti a casa di Stefano per fare una "cena nostalgica" e riguardare le puntate dell'anno scorso.

Ognuno porta qualcosa, o meglio, Stefano mette la casa, le ragazze cucinano e noi ragazzi pensiamo all'alcol.

Dopo la rottura con Ale, Stefano sembra stare un po' meglio, anche se con me non ha più accennato all'argomento. Invece si confida con Giada e, se devo essere sincero, la cosa mi dà un po' fastidio. Da quando è finito il programma, il mio rapporto con lui è cambiato. Mi parla sempre meno delle sue cose. Quello che so di lui ormai mi arriva dai racconti di Giada.

«C'è qualcosa che non va?» gli chiedo una volta arrivato a casa sua.

«In che senso?» mi risponde.

«Ho come la sensazione che... Insomma tu e io non parliamo più come una volta...»

«Sei sicuro che sia questo quello che vuoi dirmi? Pensaci bene, Mattia. Tu dici sempre di essere il tipo che va in fondo alle cose.»

«Scusa, è il giorno della "Settimana Enigmistica" per caso? Hai invitato anche Mike Bongiorno che fra un po' arriva e mi mette la cuffia?»

«No... È che a volte ho l'impressione che tu voglia giocare a Indovina chi con me...»

«Nessun gioco, Stefano, ti ho chiesto solo se c'è qualcosa che non va, tutto qui.»

Stefano smette di affettare il salame, va verso il frigorifero, prende due lattine di birra, le porta sul tavolo, me ne porge una, poi si siede e guardandomi fisso negli occhi mi dice: «Credo che la domanda che mi hai fatto non sia del tutto esatta. Quello che tu volevi chiedermi veramente è come mai io parlo di più con Giada che con te. Se ben ricordi, però, anche durante il programma tu e io non abbiamo mai fatto grandi discorsi. Una volta mi hai scritto una lettera. Sai che la conservo ancora e ogni tanto vado a rileggermela? Nella lettera mi dicevi che tra noi c'era una profonda sintonia e che, a differenza delle altre persone, noi non avevamo bisogno di tante parole. Era sufficiente guardarci un istante per comprendere come stavamo. Mi scrivevi che la cosa che ti piaceva di più del nostro rapporto era l'intimità del nostro silenzio. È tutto vero quello che mi hai scritto, eppure io molte volte avrei voluto infrangerlo, quel silenzio, avrei voluto parlarti, confidarti le mie sensazioni, però non lo facevo perché ti sentivo lontano. Come se ti allontanassi da me per non mettere le mani dentro le mie cose e quindi dare a me la possibilità di fare lo stesso con le tue. Mattia, tu il silenzio lo usi per difenderti. Una sorta di "non chiedere per far sì che non ti venga chiesto". Forse il nostro rapporto deve essere anche questo, sapere che l'altro c'è, a prescindere da tutto, che l'altro ti è amico anche se non ti conosce a fondo. Lo sai come sono fatto, a me piace rispettare i tempi degli altri. Ciascuno è fatto a suo modo e per ognuno occorre una chiave diversa. Io ti vedo come una cassettiera grande e robusta, ai cui cassetti, però, possono accedere in pochi. Le chiavi che mi hai regalato non bastano ad aprirli tutti. Giada è diversa. I suoi cassetti sono tutti aperti e pronti ad accogliere anche le mie cose. Giada mi chiede, mi parla. Ho fiducia in lei...».

«Mi stai dicendo che sono un orso? Che è solo colpa mia? Che sono egoista?»

«No, ti sto dicendo che ognuno è fatto in maniera diversa. E che prima di puntare il dito forse bisogna guardarsi dentro, farsi qualche domanda in più, tutto qui. Tu sai poche cose di me semplicemente perché non me le chiedi.»

Stefano mi ha sempre capito più di tutti, mi conosce più di chiunque altro.

Io non sono bravo con le parole come lui. Inciampo sempre sui miei passi.

«E tu che cosa sai di me?» gli chiedo.

«Molto più di quello che decidi di regalarmi.»

«Giada?»

«No, la Madonna e tutti i santi!!! E chi altri? Ma non preoccuparti non mi racconta mai nulla di indiscreto, be' a parte che l'altroieri hai fatto cilecca... A volte capita e di certo non diffonderò la notizia... sarò muto come un pesce!»

Che scemo! Gli tiro addosso la birra e lo abbraccio.

Lo so che sembra stupido, ma con questo abbraccio ho voluto passargli parecchie informazioni su di me... Se non gli sono arrivate, be', sono affari suoi. Scherzo. So che ho raggiunto la meta.

Suonano alla porta.

Arrivano alla spicciolata Beppe, uccello d'oro, Filippo e Tommaso, il gatto e la volpe, Giada, Erica, Paola e Vanessa.

Infine Chicco e Luca. È strano frequentarli al di fuori della scuola di *Amici*, conoscerli come persone e non solo come "autorità".

Mentre mangiamo, guardiamo un po' di puntate registrate della stagione passata del programma. Mamma mia! Sembra che siano passati cent'anni! È incredibile come la telecamera possa metterti a nudo. Riesce a isolare alcuni gesti e sguardi che ti rivelano molto più delle parole.

Io, rivedendomi, non mi piaccio per niente. Ho sempre quell'arietta del cazzo e a volte sembro persino tonto. Sono assolutamente ridicolo durante le lezioni della Celentano, con addosso la calzamaglia e le scarpine da danza classica. Comunque, non ce n'è uno che si salvi: sembriamo tutti dei disadattati con quelle tutine informi! Oltretutto, dopo l'ora di danza, sfoggiamo chiazze di sudore sul sedere talmente grandi che sembra che ce la siamo fatta addosso.

Vanessa, dopo essersi rivista, non fa che ripetere che al posto del seno aveva delle susine secche. Non si dà pace al pensiero che l'Italia l'abbia vista per tutti quei mesi in quello stato.

Chicco e Luca ci parlano dei nuovi ragazzi di quest'anno, di come siano molto più sgamati di noi, più reattivi. E di come, a differenza della nostra edizione, nessuno abbia idea di chi possa vincere.

Lo so, l'ho già detto più volte, e un po' me ne vergogno, ma non riesco a mentire a me stesso: mi girano ancora a mille ogni volta che si parla dei nuovi ragazzi. Mi vengono i brividi dalla rabbia. E contemporaneamente mi sento un bambino viziato che fa i capricci perché la mamma non gli presta più l'attenzione di una volta. Uno si sente speciale e unico fino a quando non si accorge che l'"unicità" è diventata una specie di malattia diffusa.

«Che c'è Mattia?» mi chiede Luca. Il programma è finito ma lui continua ad analizzarmi.

«No, niente, pensavo» dico io.

«Sì, lo so a che cosa stai pensando» mi dice spettinandomi i capelli.

«Perché essere straordinari quando si può essere semplicemente se stessi?» interviene Chicco.

Colpito e affondato.

Erica mi sembra strana stasera. È agitata, si vede, perciò quando si alza per andare a prendere il pane in cucina, la seguo. Mi racconta che l'ha chiamata un agente – il cognome non l'ha capito perché l'ha detto velocemente –, che fino a qualche tempo fa lavorava con Corona. Ora si è messo in proprio e sta cercando nuovi clienti.

«Che ne dici? Mi ha spaventato che avesse il mio numero privato. Vorrebbe incontrarmi in un hotel del centro...»

«Non ci devi andare!»

Forse esagero con la mia mania dell'impresario ladro e bavoso, ma a vederli in faccia, questi agenti delle dive, non mi ispirano per niente.

Erica è confusa. Durante il programma lei è stata sempre al centro di mille discussioni, pronta a tuffarsi nelle polemiche con la Celentano, ma adesso mi sembra così indifesa.

«Vedi» mi risponde, «quando stavo ad *Amici*, non ho mai "calcolato" ciò che stavo facendo. Ho sempre e solo cercato di difendermi, di lottare per quello in cui credevo. E all'epoca mi sembrava quasi semplice, sapevo da chi dovevo difendermi. Ma adesso? Non è che mi chiameranno solo per inaugurare un centro commerciale o una nuova serie di plantari per chi ha i piedi storti? Mattia, io voglio ballare, ma ballare sul serio...»

«Erica, non si chiamano tutti Celentano. Alessandra ha un'idea ben precisa su di te, ma sono certo che molti altri non la pensano affatto come lei. Devi solo avere pazienza, vedrai che li troverai.»

«Ho paura che tutte le critiche che mi ha fatto alla scuola diventeranno un boomerang... Ieri mi ha chiamato Chicco e mi ha chiesto di andare al nostro studio. Doveva presentarmi qualcuno ma al telefono non ha voluto anticiparmi nulla. Una volta arrivata allo studio, è venuto Luca a prendermi. "Ecco questa è la persona che volevamo presentarti." Lui e Chicco sembravano impazienti di farmelo conoscere. La persona davanti a me era un americano sulla cinquantina, di colore, con indosso una felpa dell'Adidas. "*My name is Moses*" mi dice. Mattia, credevo che il mio cuore si fermasse. Ti rendi conto? Durante l'anno abbiamo studiato le sue coreografie, ammirato quello che ha fatto nella sua carriera... Conoscerlo di persona è stato fantastico! Luca mi ha spiegato che Moses voleva vedermi perché aveva delle idee per me. E io là come una cretina, incapace di spiccicare una parola. Moses guardava Chicco come a dire: "Se non le interessa, non ne parliamo neanche...". Sai che non riuscivo nemmeno a guardarlo in faccia? Luca con la sua solita pazienza, mi ha spiegato che Moses stava preparando un'importante trasmissione televisiva in America e voleva anche me nel corpo di ballo. Di fronte al mio silenzio prolungato, credo che Moses si sia pure innervosito. Io me ne stavo là, davanti a un mito vivente con le mani sugli occhi e la paura che mi venisse un collasso.»

Piange anche adesso, Erica. Gli altri, incuriositi dalla nostra "sparizione", a turno si affacciano alla porta della cucina per capire che cosa sta succedendo.

Quando l'abbraccio, mi dice con voce rotta: «Hai capito? Nessuno mi darà mai una vera chance come ballerina solista... Io ho sempre voluto ballare in teatro. Io voglio puntare in alto, non accontentarmi di qualcos'altro solo perché è più facile da ottenere. Mattia, io vorrei un camerino con una stella enorme sulla porta! È così da quando avevo otto anni, dalla prima volta che ho indossato un tutù. Però ieri ho saputo con certezza che anche chi mi apprezza non mi farà mai esibire in un assolo a teatro. Ma io non voglio smettere di crederci, di lottare per il mio sogno. Io voglio ballare il *Lago dei cigni* anche con il collo del piede storto. È sbagliato?».

La stringo forte a me, ma non capisco. Ha rifiutato un lavoro eccezionale che non le verrà proposto una seconda volta. Eppure lei sa benissimo come ragionano quelli che scelgono i ballerini dei corpi di ballo dei teatri più importanti: la Scala, il San Carlo di Napoli, l'Opéra di Parigi.

Forse per la prima volta da quando la conosco, mi rendo conto che Erica vorrebbe *davvero* ballare *Il lago dei cigni*. Quando la Celentano ripeteva che lei non sarebbe mai diventata una ballerina classica, Erica annuiva, ma dentro di sé continuava a desiderare di essere un cigno. Non ha mai pensato nemmeno per un secondo che la Celentano potesse avere ragione. O meglio, era consapevole di avere un piede sbagliato, di non avere né le ginocchia né il talento per ballare alla Scala, ma non ha mai dato ascolto ad Alessandra. Rendersi conto, ora, che il suo sogno non si realizzerà mai, per lei è come un lutto. E non c'è niente che io, o Chicco, o Luca, oppure il grande Moses possiamo fare per aiutarla. Veder morire il proprio sogno è una delusione forte e non c'è niente da fare...

Dopo qualche minuto, Erica smette di piangere, guarda fisso davanti a sé tirando su con il naso. Uno alla volta tutti i nostri amici fanno capolino in cucina. Ci sono anche Luca e Chicco. Son tutti lì, per assistere in silenzio all'addio di Erica al suo sogno. Non è un bello spettacolo vedere un amico che seppellisce un sogno. È difficile, ma Erica, oggi, ha bisogno di farlo.

Giada si fa avanti con un panino alla Nutella, il nostro antidepressivo preferito quando stavamo nella scuola, e lo porge a Erica. Poi, rivolgendosi agli altri, come per un brindisi alla Nutella, dice: «Erica ci ha provato. Da oggi tutti speriamo in un sogno nuovo. E comunque noi siamo qui, come fanno gli amici, no?».

Come seguissimo una coreografia, ci stringiamo attorno a lei: il nostro abbraccio ricorda la mischia del rugby o una scena di un musical, tipo *Rent*. Stare insieme è stata una scelta all'inizio di *Amici*, oggi è diventata una necessità. Solo noi sappiamo quanto valgono i nostri sogni, solo noi sappiamo la fatica che ci costa difenderli. Chicco e Luca ci guardano sorridendo. Poi si uniscono a noi.

Quello che mi ha raccontato Erica stasera mi fa riflettere. Prima o poi tutti noi dovremo fare i conti con i nostri sogni. Io, per esempio, che cosa sogno? L'unica cosa che ho scelto è Giada. Per il resto: niente musical, niente lavoro nella scuola, niente America, niente di tutto quello che solo un anno fa pensavo mi avrebbe reso felice. Sento che il tempo non è più dalla mia parte. Io continuo a perderne, ma forse si sta esaurendo, forse le occasioni stanno finendo e io, alla fine, mi ritroverò a spasso.

Forse vorrei solo tornare a non averne proprio di possibilità, tornare ad avere solo questa specie di febbre, questo prurito che, quando parte la musica, mi fa saltare e tirare calci all'aria, fino a che ogni muscolo, ogni nervo inizia a obbedire al ritmo.

Forse sono soltanto un cretino. Come lo chiamereste voi uno che non fa che rimandare? È come se nel lavoro mi rifiutassi di scegliere qualcosa per paura di impegnarmi sul serio. Almeno così sono al riparo dalla delusione per l'eventuale fallimento.

La vera tragedia è che in realtà forse non so che cosa sognare. Questa è la conclusione a cui sono giunto. O meglio, ho tantissime idee, ma sono troppo lontane, nel cielo. L'altra sera, per esempio, con Giada ho rivisto *Romeo+Juliet*, il film di Baz Luhrmann tratto dalla tragedia di Shakespeare. È una figata assurda. C'è una colonna sonora pazzesca, tra cui Des'ree che canta *Kissin' You*, poi pezzi rap, balletti grandiosi: insomma Hollywood pura. Ecco, mentre lo guardavo estasiato, ho capito che mi piacerebbe da morire partecipare a un progetto del genere...

L'anno prima di *Amici* ero in crisi profonda perché indeciso tra scelte di vita talmente diverse da spaventarmi a morte: iscrivermi a Lettere, tentare di lavorare in pubblicità, partire come volontario per il Rwanda o ballare. Della danza non parlavo mai, o lo facevo a bassa voce, come quando vuoi così tanto una cosa che hai perfino paura di dirlo. All'epoca mi tornavano spesso in mente le parole del mio professore di filosofia, uno che durante la scuola non sopportavo (avete presente il tipo con la barba da filosofo, la giacca piena di forfora e il fisico da supplì?), ma che dopo la maturità ho iniziato a sentire quasi ogni giorno. Ecco, lui, per aiutarmi a uscire dall'indecisione, una volta mi ha consigliato di fare una cosa semplice, tipo "va' dove ti porta il cuore": "Lavora sui sogni impossibili... ad accontentarti c'è sempre tempo!". Se avessi ancora il suo numero lo chiamerei per dirgli che finora l'ho fatto una volta soltanto, con *Amici*, il giorno dei provini e poi ho smesso. Gli direi anche che adesso sono cresciuto e ho deciso di non accontentarmi. *Amici* mi ha un po' aperto gli occhi. E soprattutto mi ha permesso di conoscere persone che ai miei sogni folli hanno deciso di credere, per farci un programma televisivo, certo, ma anche per aiutarmi a realizzarli. Sarò un illuso, ma credo che tutto, veramente tutto, possa ancora accadere. Forse tra un attimo Erica saprà di un grande coreografo che l'ha invitata in Olanda a fare *Coppélia* e magari qualcuno in quegli uffici a Cinecittà sta provando a cercare il numero di Baz Luhrmann per me... Sono uno scemo, vero?

32
La finale

Giada e io passeggiamo al mercato. Lei gira tra le bancarelle come una perfetta massaia.

«Amo', guarda che ciliegie! Sono grandi e scure come piacciono a te...»

Qui tutti ci riconoscono. Magari non si ricordano i nostri nomi né in quale programma ci hanno visto, però sanno di averci visto da qualche parte e che stiamo insieme. Il fruttivendolo dopo che gli abbiamo pagato le ciliegie ci urla: «Dije a Maria che la saluta Checco...» e poi aggiunge «... si c'avete bisogno de un tronista come se deve, questo è er numero mio!». Mi piace l'aria di paese che si respira qui: sembra che tutti si conoscano. Il bello di Roma è anche questo: le persone non hanno ancora paura di parlarsi.

Ci siamo trasferiti da qualche giorno nella casa nuova. L'abbiamo scelta perché è piena di luce. Abbiamo anche un piccolo terrazzino, dove vivono i nostri due gatti, uno sfigato e spelacchiato e uno bello cicciotto. Quello arruffato lo chiamiamo Ruffo, quello bello Lillo. Su quel terrazzo Giada prende il sole in tanga dopo pranzo per la felicità del carrozziere che abita nel palazzo di fronte al nostro. C'è un caminetto in salotto con stesa davanti una pelle d'orso finta (Giada lo sognava fin da piccola). L'altro giorno abbiamo persino provato ad accenderlo: volevamo sederci lì davanti e guardare il fuoco, anche se siamo in estate, cantando e leggendo libri... Peccato che il carrozziere, vedendo uscire fumo dalla finestra, abbia chiamato i vigili del fuoco. Quando sono arrivati a sirene spiegate, siamo saltati fuori sul balcone, sudati, e abbiamo fatto segno che andava tutto bene.

Il vicinato, poi, è "particolarissimo". Ieri mi stavo allenando da mezzora con il bilanciere, quando la nostra vicina, una vecchietta con il sorriso da Cappuccetto Rosso che esagera sempre un po' troppo con il vino, ci ha urlato dal suo balcone che dovevamo smetterla di fare tanto casino. Anche lei aveva "saltato la cavallina", ma noi stavamo esagerando. Io ho mollato il bilanciere e dal nostro balcone le ho risposto che purtroppo stavo solo facendo i pesi, altro che saltare la cavallina.

Quando siamo entrati la prima volta in casa nostra, Giada mi ha preso in braccio ('stavolta l'ha fatto lei), mollandomi subito dopo aver oltrepassato la soglia. «E adesso?» le ho chiesto io. Lei mi ha risposto con un bacio.

La convivenza è una roba strana. Significa vivere con la persona che ami e, per poter andare avanti, ti obbliga a seguire una serie di regole, anche se questa è l'ultima cosa che vorresti... Però ne vale la pena.

Giada ieri ha provato a farmi un fritto misto di pesce. Appena sono entrato in casa sono stato travolto da una puzza terribile. Lei mi è saltata sulla schiena mettendomi le mani sugli occhi per non rovinare la sorpresa. Arrivati in cucina in qualche modo ho visto una specie di massacro di pescetti e calamari. Li aveva trucidati.

«Sentirai che buoni!»

Ho mangiato tutto. Con le lacrime agli occhi.

«Sei commosso, amo'?»

«Sì, qualcosa del genere...»

Di sera, spesso mangiamo nel letto guardando la TV. Verso le tre del mattino spuntino e alle undici sveglia.
Mi piace essere *normale* insieme a lei... spero che saremo capaci di esserlo il più a lungo possibile.

Tornati dal mercato, Giada ci mette un'ora a scegliere il vaso giusto per i fiori che ha comprato. Non pranziamo, come se fosse normale mangiare solo una mela mentre cerco di cambiare la punta al trapano. Se non ci riesco, lo specchio resterà appoggiato alla porta d'ingresso chissà per quanto tempo!
Stasera c'è la finale di *Amici* e non mi piace nessuno dei finalisti... Non è colpa loro, però. La gelosia mi sta lentamente passando, però non andrò in studio stasera, anche se Giada, lo so per certo, vorrebbe tanto. Guarderemo il programma da casa davanti a un tavolino pieno di schifezze da mangiare, birre e bibite varie.
Sono le cinque.
«Ti ricordi, amo', l'anno scorso a quest'ora?»
Già. L'anno passato, io alle cinque cercavo di memorizzare una dozzina di canzoni. Quando ho provato *Perdere l'amore* sono persino uscito dalla casetta per non far sentire a nessuno quanto ero scarso. Giada invece aveva i crampi allo stomaco.
«Alle sei e mezzo, invece?»
A quell'ora eravamo tutti dal parrucchiere. Lei lo stava rintronando con le idee sulla sua acconciatura; io invece avevo iniziato e smesso per sempre di fumare almeno un paio di volte. Le mani due spugne, la salivazione azzerata.
«Io mi ricordo come stavo alle otto, amo'. Piangevo perché Garrison mi aveva fatto arrivare un bigliettino con un "in bocca al lupo", scritto malissimo...»
Io ero in studio per la prova audio: non ero riuscito a farla la notte prima. Meno male che ci sono andato, altrimenti mi sarei spaventato a sentire la mia voce stonata così tanto amplificata.
Quando è iniziato il programma, ho pensato a quanto

fosse difficile ricordarsi la sigla. Quando si è così in pochi, se uno sbaglia, ti beccano subito.

Ho una manciata di pop-corn vicino alla bocca. Maria dalla TV inizia la sua camminata verso le telecamere. Anche lei è emozionata e si vede. Sembra incredibile ma le trema un pochino la voce quando dice: «Benvenuti alla finalissima di *Amici*. Tra questi ragazzi c'è il prossimo vincitore... Sigla!» Giada singhiozza. Sento i suoi respiri. Vorrebbe non piangere, lo so, ma basta guardare il suo petto che sale e scende per capire quanto poco riesca a controllare l'emozione.

Vedere la sigla ballata dagli altri è devastante. Sono bravissimi e Giada e io siamo stesi. Ruffo fa capolino dal terrazzo. Non ci ha mai visto così...

Finisce la prima sfida. Sono le dieci meno un quarto e la luna illumina il nostro terrazzino.

Maria guarda dritto nella telecamera. Parla ai telespettatori. Non so se lo avete notato, però di solito non guarda mai direttamente in camera come fanno gli altri presentatori. Guarda le persone, parla *alle* persone. Questo ti spinge a seguirla con maggiore attenzione. Ora però si sta rivolgendo alla telecamera.

«Faccio una cosa che non ho mai fatto, uso la televisione per qualcosa di privato, ma lo faccio perché so che riguarda anche voi, che siete il pubblico che da sette anni segue *Amici*. Questo è un messaggio per Giada e Mattia...»

Il pubblico fa una specie di boato, credono che noi siamo in studio, in attesa di entrare. Invece no. Siamo davanti alla TV, seduti sul divano, con Ruffo che ci ruba patatine e cetriolini.

«No, che avete capito? Non so nemmeno se ci stiano seguendo... Mattia, Giada, se state seguendo il programma, avrei una proposta da farvi...»

Si sta rivolgendo a noi. Guardo Giada sbigottito. La televisione ci sta parlando. Lei guarda me e prova a parlare. Muove le labbra ma non emette suoni.

«... che c'è di male a dire che mi dispiace fare l'ultima puntata senza di voi?» dice Maria con la voce incrinata. «Il programma si chiama *Amici*, ma questo titolo non è sempre stato valido per tutti. Se però penso a voi penso a degli amici. Perciò perché non ci raggiungete? Sotto casa vostra dovrebbe essere già arrivata una macchina della produzione... Pubblicità!»

«Hai sentito anche tu?» chiedo a Giada per accertarmi di non aver avuto un'allucinazione.

Giada non è già più seduta al mio fianco.

È corsa in camera a frugare nell'armadio. Scaglia vestiti sul letto con la velocità di una trebbiatrice. Non parla mentre cerca di vestirsi meglio che può...

Io vado sul terrazzo. I gattini mi seguono. Mi sporgo dal parapetto. Sotto c'è veramente una Mercedes con tanto di autista.

«Giada... è tutto vero, qui sotto c'è la macchina!!!»

«Amo', lo sai, no?, che quando Maria dice una cosa, è quella. Su, vestiti. Conciato così mi sembri Garrison...»

Siamo in macchina. L'autista non sa nulla, ma gli tocca comunque subire tutte le nostre domande. Chiamo la redazione. Ci dicono che non ne sanno nulla. Quel che è certo è che dobbiamo essere in studio al più presto. La macchina viaggia nella città. Giada e io ci teniamo stretta la mano manco fossimo su Space Vertigo a Gardaland.

Davanti al teatro, troviamo ad aspettarci Piero con indosso la sua cuffia microfonata. «Ce li abbiamo. Sì, ci sono tutti e due.»

Lo studio è gigantesco e da fuori sembra quasi pulsare. Senti un rumore tipo cascata. Entrarci fa persino paura, soprattutto se non sai quello che ti aspetta.

«... e Giada!»

Oddio Maria ha pronunciato i nostri nomi. Un applauso del genere non l'avevo mai sentito...

«... tra un attimo saranno pronte le carte e saprete chi vince l'edizione di quest'anno, ma prima devo fare due chiacchiere con una coppia di amici...»

Ecco, ora che siamo al suo fianco non abbiamo più paura.

«Conoscete Shakespeare, ragazzi?»

Noi, muti, pendiamo dalle sue labbra.

«Sono certa che conoscerete una delle sue opere più belle, *La tempesta*...»

Non sarà un'interrogazione a sorpresa tipo quelle di Fioretta Mari?

«Si racconta la storia di una ragazza, Miranda, il cui padre è un potente mago. Entrambi sono stati esiliati su un'isola tipo *Lost*, dove, dopo un naufragio, approda Ferdinando, figlio del nemico giurato del mago. I due ragazzi si ameranno alla follia fin dal primo sguardo e il loro amore permetterà ai loro padri di riconciliarsi. Tu, Giada, sarai Miranda e tu, Mattia, Ferdinando. Allo spettacolo parteciperanno anche ballerini dello Scottish Ballet e l'orchestra dell'Opéra. Il debutto è previsto all'Arena di Verona tra un anno. Daniel Ezralow sarà il regista e il coreografo. Congratulazioni!!!»

Lo studio esplode di nuovo. Sono felici per quello che Maria ci ha appena annunciato.

Giada balbetta: «Amo', non so mica se ho capito bene, lo sai?».

Maria sorride.

Io prendo la parola: «È tutto vero? Cioè, noi faremo *La tempesta* di Shakespeare all'Arena di Verona. Giada e io? Ma ci avete pensato bene?».

Maria non parla e ci sorride.

«... ci hanno parlato tanto della *Tempesta*, solo i grandi del teatro l'hanno interpretata, noi che c'entriamo? A questo punto mi viene da chiedere a tutti voi che state in questo studio: "Come fa questa signora bionda a essere così brava a capire quello che uno ha nel cuore? Come riesce a farti arrivare così vicino ai tuoi sogni? Così vicino che puoi persino toccarli con la mano?".

Giada e io ci stringiamo forte e nell'abbraccio coinvolgiamo anche Maria. Siamo di nuovo in alto... vicino ai sogni e tocchiamo il cielo con un dito.

33

Ore 1 e 30

Tutto ormai è finito.

Lo studio è vuoto.

Maria, il vincitore, i finalisti, Luca e Chicco, e la produzione al completo stanno festeggiando.

Dico a Giada che ho sonno, che sono troppo stordito da tutte le sorprese di questa sera e che ho solo voglia di tornare a casa nostra.

Salutiamo tutti. Io faccio l'occhiolino a Piero, l'assistente di studio, che contraccambia, si alza ed esce.

Chiamo un taxi.

Quando arriva, saliamo e dico la direzione all'autista: «Studio 5».

«Amo', ma che stai dicendo? Mi scusi, no, l'indirizzo è via Riano, zona Ponte Milvio."

«No, dia retta a me, va bene lo Studio 5.»

«Che, mi avete chiamato per fare cento metri?» mi chiede il tassista un po' incazzato.

«Stia tranquillo. Ora ci accompagni là, che poi deve portarci in un altro posto. Comunque non si preoccupi, abbiamo i soldi» gli rispondo.

‹Amo', mi dici che cosa sta succedendo?»

«Ti fidi di me?»

«Certo che sì.»

Arriviamo davanti allo Studio 5 e, proprio come aveva fatto lei con me qualche mese fa, la bendo e la prendo per mano.

Lo studio è vuoto e buio.

C'è un silenzio pazzesco.

La conduco al centro del palco, dove è puntato un occhio di bue.

Poi le tolgo la benda e le appoggio l'indice sulle labbra.

Conto fino a tre:

«1... 2... 3...»

Sentiamo dei passi, ma finché non entra nel cono di luce non si riesce a riconoscerlo: è Piero. Ha in mano un cuscino di velluto rosso con sopra un iPod. Il nostro iPod.

Lo prendo in mano mentre Piero scompare nell'ombra da cui è arrivato. Infilo uno dei due auricolari nell'orecchio destro di Giada, l'altro nel mio sinistro.

> ... Amore con le ali, dimmi cosa devo fare / per non fuggire via nel momento di volare... / quando proverò a risponderti davvero / allora scoprirò la paura che sia vero...

Il led si accende con una scritta gigante:

TI AMO

e io sono la persona più felice del mondo perché finalmente ho fatto qualcosa di spettacolare, ma solo per noi. Non ci sono telecamere, non c'è pubblico, né agenti né serate. Ci siamo solo noi, nudi l'uno di fronte all'altra, vestiti solo del nostro amore. E per la prima volta mi sento un uomo.

Arnoldo Mondadori Editore S.p.A.

Questo volume è stato stampato
presso Mondadori Printing S.p.A.
Stabilimento Nuova Stampa Mondadori - Cles (TN)

Stampato in Italia - Printed in Italy